海风文学丛书

遇见

戴升平 著

浙江工商大學出版社
ZHEJIANG GONGSHANG UNIVERSITY PRESS

图书在版编目(CIP)数据

遇见 / 戴升平著. —杭州 浙江工商大学出版社，2016.1

(海风文学丛书 / 李东飞主编)

ISBN 978-7-5178-1362-0

Ⅰ. ①遇… Ⅱ. ①戴… Ⅲ. ①散文集－中国－当代 Ⅳ. ①I267

中国版本图书馆 CIP 数据核字(2015)第 256318 号

遇　　见

戴升平 著

出 品 人　鲍观明
策划编辑　郑　建
责任编辑　胡亚娟　沈　丹
封面设计　林朦朦
责任印制　包建辉
出版发行　浙江工商大学出版社
(杭州市教工路198号　邮政编码310012)
(E-mail:zjgsupress@163.com)
(网址:http://www.zjgsupress.com)
电话:0571-88904980,88831806(传真)
排　　版　杭州朝曦图文设计有限公司
印　　刷　杭州五象印务有限公司
开　　本　880mm×1230mm　1/32
印　　张　7
字　　数　181千
版 印 次　2016年1月第1版　2016年1月第1次印刷
书　　号　ISBN 978-7-5178-1362-0
定　　价　22.00元

浙江工商大学出版社营销部邮购电话　0571-88904970

海风文学丛书

总　序

1995 年的春天，东海之滨的美丽小城温岭，吹来了一股清新的文学之风，一本名叫《海风》的文学杂志自此诞生。

风从东海来，带着春的暖意、海的气息、梦的诗情，在温岭文坛激起了一阵又一阵涟漪，留下了一个又一个故事。不知不觉中，《海风》已坚实地走过了 21 个年头，成为温岭创办时间最长、容量最大、影响最广的群众文化杂志，成为展示温岭文学创作成果、折射温岭文化建设成就的窗口。

摭彼芳草，显我英华。温岭的文学创作者们会聚在这片集结文学创作力量的精神高地上，一起咏志抒怀，交织出了温岭文学绚烂多姿的多元化天空，澎湃出了如野草般蓬勃的创作激流。从题材而言，他们或叩问历史，或沉醉自然，或寻找生活里被遮蔽的诗意，或解读社会中人生的底蕴……可谓百花齐放，各有风姿。从风格而言，他们或清新飘逸，或典雅庄重，或委婉顿挫，或慷慨旷达……亦是春兰秋菊，各擅胜场。而从整个历史文化的大背景来观照，他们的作品则往往呈现出一种难得的地域镜像和文化印记，自有一股山水灵气荡漾其中。

日月经天，江河行地，《海风》一路吹来，播下了一颗又一颗文学的种子，在温岭大地上生根、发芽、开花、结果，摇曳成一片又一片婀娜多姿的文化风景。21 岁对于人生来说，正值朝气蓬勃的青春年华，21 岁的《海风》亦是朝气蓬勃，充满活力。愿已过弱冠之年的《海风》随岁月的延伸更加展现风华，更加追求高远，为传播社会正能量、提升市民文化素质、滋养温岭独特的文化生态做出积极的贡献。

是为序。

温岭市委常委、宣传部长

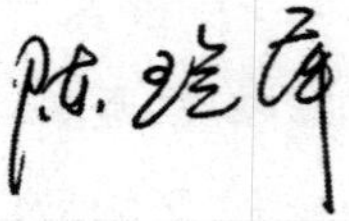

目　录

第一辑

第二辑

第三辑

第六辑

第一辑

有黄花入梦

突然想起自己被宠坏的童年。

那个早晨是被唱醒的，祖父在纱窗上捉到了一只纺织娘。不知道它是怎样跑到这房子里来的，一些光线从屋顶的玻璃瓦上漏下来，它就落在那灰色的旧纱窗上，轻轻地，像一片开花的树叶。绿色的翅膀唱着清亮的晨光，像拉开的琴弦，脆脆地歌唱着，明丽地点缀了那个清晨。

我细嫩的脸颊上还编织着草席的纹路，蛀牙里还残留着蜜饯的甜香。祖母的床头总是有那么多甜蜜的诱惑，那么多懒懒的困意，让我总不愿意离开，却总被大人们拉扯着起来。那个早晨，我却那么自觉，一骨碌就爬起来。在我蓬松着小辫子的脑袋里，那个有翅膀的小东西，比糖果更要充满诱惑。那个早晨起得可真早，早得看见了露水从文旦树油亮的叶子上滴落，看到了小鸟在石榴树上捉到了一条绿色的小虫子，还看到了蚂蚁排着队，秩序井然地从浅紫色的绣球花下经过。那个早晨，空气也是清亮的。

祖父送过我一个小鸟笼，只有我的两个小手那么大，里面养了一只毛茸茸的玩具鸟，那只鸟早已不知去向。现在，那个空笼子，做了纺织娘的家。我乐呵呵地捧了那个小笼子，傻傻地笑，像捧了个宝贝。祖父捏着我的脸说："这个小东西也是要吃东西才能长大，才能唱歌的。"它的嘴巴那么小，看也看不见，可是它要吃什么呢？它会吃我的水果糖吗？我真好奇。祖父说："它要吃新鲜的丝瓜花。"

于是我们去采丝瓜花，走遍了村子的每一条小路，要赶在太阳升起前，把花朵找到。太阳高了圆了，丝瓜花就蔫了，那种鲜嫩的黄颜色的花朵啊，喜欢和着露水开放。我粉红色的小碎花裙在这个夏天染上了水蜜桃渍，也是一朵朵黄颜色的花，我多么希望那就是丝瓜花啊，低下头摘一朵就可以放进笼子让纺织娘唱歌了。

走了好多地方，后来，在一堵矮墙上，终于看见了一片灿烂的丝瓜花，铺了整整的一面墙。我高兴地蹦起来，挣开祖父的手冲过去。

我一下子摘了好几朵花，那个纺织娘却那么安静地待在笼子里，不知道有没有看我。带着露水，我把那些花朵塞进了笼子，她却躲开了。我举着小笼子晃动，把黄花喂到她面前，她却还是躲。我生气了，嘟了嘴把笼子塞给祖父。祖父却笑了，说："你这么闹，她怎么吃啊？"

那些丝瓜花没过多久就蔫了，纺织娘慢吞吞地走到边上，似乎嗅了嗅就走开了，花上，我没有看见她的齿痕。第二天，笼子里的纺织娘还是没有唱歌，但我还是跑去采了新鲜的黄花，塞进笼子里，然后，静静地看着她靠近又走开。

后来，我又有了新的玩具，于是，我把她忘了。

直到有一天，偶尔翻到那个笼子时，我看见那个小东西已经和黄花一起干了，翅膀也断了。在没有人的时候，她依旧想着要飞出去，她知道这个小笼子不是她的舞台。

那些夏天的夜晚，总是有星光细碎地落在纱窗上。祖母的床头，我依旧做着甜蜜的梦。再也没有惊喜的晨光让我醒来。却有个精灵，某个夜晚，在我梦里唱着清亮的歌。

一些蝉的事

夏天很早就来了。

街道两旁的梧桐叶被烈日晒得没有了生气，那光折射到了脸上，也会有种被灼伤的痛，可是，一定还少了什么。

那个中午，一阵长长的嘶鸣突然跑进我刚睡醒的耳朵。打开窗，也打开了阳光，眼睛被突然地刺痛了一下。那只蝉就停在窗边，瘦细的足部紧紧抓住生烫的瓷砖，昂着头，不知疲倦地高歌着。那样的情境里，我竟呆住了，原来，这半个夏天过去了，我才听到第一声蝉唱。不知不觉中，那声音把我带回了消逝的另一个世界。

小时候，院子还没被水泥覆盖，屋前还种着两棵文旦树。一到夏天，地面就会出现密密麻麻的小洞穴，玻璃球那么大，黑乎乎的。我常常好奇地蹲在地上观察，有时候还会看到一只没有蜕壳的蝉慢慢地从洞穴里爬出来，一路往文旦树那里去。也不知过了多久，我的腿也麻了的时候，那只爬上文旦树的蝉从壳里出来了，翅膀软软地耷拉着，还在不知疲倦地往上爬着。但是不一会儿，它被我弄出的响声惊得飞走了。对于我单调的童年，看着一只小虫子蜕变成一只会飞的蝉是件多么奇异而有趣的事啊！

邻居家有两棵很粗的枣树，种在围墙边，半树的青枣都在围墙外。记忆里，那枣树总是挂着累累的诱惑，会有许多小男孩借着捉蝉的名义，举了长长的竹竿去打枣子。我从不敢走近，只是站在家门口远远地看着，看见许多的蝉在竹竿的影子里惊叫着乱飞，一种很壮观的景象。

从未觉得蝉翼会透明成一种美丽，倒是觉得那蝉的面目实在有些可憎，会让我觉得害怕，直到现在，仍是不敢用手去触碰那些昆虫。而对于蝉蜕，我却有一种特别的感情。祖父会用中药做一种小毛猴，辛夷做猴身，蝉蜕的头部做猴脸，蝉蜕的爪子做猴手，还用切得很薄的木通片做成一顶可爱的镂空的帽子。串在竹签上的小毛猴活灵活现得可爱。于是，我就常去捉文旦树上的蝉蜕，那时的夏天，蝉真多，从夏吵到秋，于是，也常有小毛猴伴着我的童年。

我知道我又怀旧了……

后来去爬山，听到树林里有蝉唱着。

蝉是唱空了一个夏天的，大音虚声吧，这之前我却没有闻听，只是觉得，那个早晨是格外清新、格外幽静的。

药草

有一天，叔公托人带了张小卡片给祖父。卡片正面用黑色的钢笔画了棵植物的形态，反面写道："二哥，我的腿痛又犯了，偏方也都没用。小时井边有棵绿色的植物，藤蔓茂盛，叶子圆形，依稀记得长辈说那是七叶莲，可治痛风，不知是否还在？凭记忆画了形状，烦二哥寻寻看。"叔公画得好，后来那张卡片便被我夹进书里，当宝贝收起来了，常常翻到，便想起来一些大人们从前的事。比如叔公的腿痛，大概是"文革"时候落下的毛病；祖父不教书后还爱看杂书，脑子里就装了许多有用的东西，那些不起眼的青草藤蔓，一经他的眼，就成了治百病的草药；"土改"时，那么坚强的祖母，竟一口气喝了大半瓶农药，大家慌得不知所措时，祖父给她灌了绿豆水才醒来……

小药锄沉甸甸的，那时刚好拿得动，于是被我搬出来，东挖一下西锄几下，把园子里的花坛挖得坑坑洼洼，谁见了都皱眉头。他们说：那么爱劳动就去把院里的杂草铲了吧！我得了命令后更加放肆了。那个晚上，右手掌冒了一圈紫色的血泡，疼得不停地掉眼泪。可是，第二天，祖父提着小药锄要去山上采草药时，我马上又冒出来黏上去了。山上总有那么多会唱歌的小鸟，吃不完的野草莓，还有白色黄色的小蝴蝶在包菜地里飞来飞去。

我在溪边岩石上采的仙人指甲种了两花盆，一到夏天就开枝散叶，长得像绿色的瀑布，细小的黄花也招引来了蜂蝶；在文旦林子里找到的蟹壳草，淡紫色的花朵开得密密麻麻，第二年春天就漫地生长，在菜地里喧宾夺主了；车前草最不守规矩，高兴长哪就长哪，院子里东一丛西一丛，常常被当杂草铲掉。紧靠围墙的那一带似乎最适合草药生长，茂盛的蕉叶下住了各种昆虫，挖蚯蚓时，首先就想到那里。听说晚饭花的根可以和猪脚炖在一起治病，我心里就想，这是种多么幸福的病啊！那棵首乌在屋后长了好些年，父亲挖开看过大小后立即刨土掩回去了，怕人挖走，还特意拉了些杂草藤蔓盖在上面，但过几天去看，还是不见了，留下一个脸盆大的坑，周围刨开的土也早就干了。五加皮全是刺，爬在矮墙上把墙头都堆高了。白茅根放了冰糖红枣煮开的水居然很好喝。三七真苦，说是夜里吃了会长高，我和弟弟闭着眼睛吞了好多回。额头上长了一个红红的疙瘩，又肿又痛，父亲在石榴树下的草丛里摘了几片毛茸茸的叶子，用米汤泡软，敷了一个晚上，第二天就消肿了。

我总记不住那些草药的名称，太多了。它们都有一个个来自民间的名字，蛤蟆衣、鹅不食草、紫苏、鸡血藤、双叶对……鱼腥草开着白色的漂亮花朵，长得圆溜溜的蛤蟆碗还有大小之别。咳嗽、头痛、中暑、出疹，不出院子，随便摘几片叶子都是药。

夏夜乘凉时，常有人敲开大门，拿了张药方来让祖父看。我总是第一个去给祖父找眼镜，像个小跟班，有时还拿着手电筒在草丛里照来照去帮着采药，染了满手的绿汁又要挨母亲的骂，却乐此不疲。那些草叶在夏夜里散发出来的香气，竟比满天的星光还闪亮，现在想来，这也是成长里难忘的一种味道。

再后来，祖父走了，传下来一沓厚厚的方子，字迹工整，纸张已经发黄了。岁月变更，院子里的许多草药已不见踪迹，却可能就长在邻居家的花盆里。这种智慧还在民间相互传授着，并不带私心。

雨

时间慢下来，那些栀子花渐渐变黄，烂在了地里。药袋子做的指套，抓过蜜蜂蝴蝶，还沾染着一些黄色的菜花粉，也扁了，潮潮地耷拉在祖父的窗台上。

雨水在瓦片上淅淅沥沥，顺着屋檐落下来，积了许多水坑，又拖着泥水漫进了井里。从那个窗台望出去，文旦树光亮的叶子被冲刷得很干净，下面的绣球花又长出了新叶，边上的樱桃树长得越发放肆，把整个水井都盖住了。樱桃树只在五月的时候热闹过一阵子，以后便安静了。现在，上面结了许多亮晶晶的桃浆，涨得沉重了便流到了地上。

雨季漫长得无事可做。我撑着彩虹色的小雨伞，穿着粉红的雨鞋，把院子里的所有水坑踩了一遍又一遍。祖父去商场给我带了一大盒绿色的果冻，圆溜溜的像葡萄，还有个好听的名字，叫水晶葡萄。大人们都骗我，说这个水晶葡萄是水井里长出来的。我趴在井沿上找了好几回也没找到，却在水草丛里捉到了一只绿色的大青蛙，用花线绑着大腿玩了好几天。大人们说，没见过那么爱吃糖的孩子，一觉睡醒，发现头发上粘了一大块，洗也洗不掉，只好剪了那一撮。

我总以为自己的成长是不知不觉的，还存着童心，却总是怀旧。大人们常说起我幼年时的种种，有尴尬，有笑话，因为受宠，懂事的时候并不多。

两岁时，母亲生弟弟，我被寄养在小姑妈家，父亲来接时，竟不要回家了。那时不知道为什么，一直喊姑父“阿亢”，方言里会听成“吃”的意思。我在船上一直哭着喊着，声音都哑了。旁人都怪父亲，她要吃什么？怎么让孩子哭得这么厉害？他们哪里知道我要的是姑父。父亲还常拿这个事情取笑我，但是当时的情景我再也没有印象了，只记得那时的轮渡上有股厚重的奇怪味道，大概是鱼腥和机油混合的味道，这味道张开翅膀拥住我时，浪花在船头飞溅开白色的水花，噎住了我的哭声。

雨还下着，祖父一个人坐在屋檐下喝酒，眼睛望着远处不知道在想什么。我跑过去拿起酒瓶子摇摇，如果还能听到酒的晃动声便会有些失望。祖父喝过好些酒，那时有种古香古色的酒瓶是蓝花白底的，一盒四个，形状都不同，我很喜欢，收集了好些。我心里怕这些瓶子摔了或者被人偷，就藏来藏去，后来，自己都找不到了。看到我失望的表情，祖父便夹个兰花豆给我，又用筷子沾了白酒滴在我舌头上，辣得我一会儿就跑得没影了。

月季花在雨里开得更娇艳了。我提着装过红樱桃的小花篮，去摘了好些，扎了满手的刺也不疼。祖母戴上老花眼镜，用绣花针挑了一下午。那些五颜六色的花瓣还湿漉漉的，就全被我夹进了祖父的旧书，后来也忘了。直到祖父打开那些书，它们已经和书页一起发黄、发霉了。

后来，我怎么都擦不尽心底的水渍。直到今天，听着窗外的雨声，我摊开想象，自由飞翔。

夏天的风

天气阴着，有用手抹开那些云的愿望，而风还没有吹来。

理洵先生去年寄的几十颗莲子，留了些在今年种，泡在水里许久了，每天换清水，涨开了些，却还没有发芽的意思。下午，又收到师妹从金华寄来的种子，四种。我要的其实只是薄荷。夏，我想，该有这样一种植物，在桌前，风吹过时，溢起一些清新。于是想起，那些花儿，那些风。

玉环的夏天傍晚，天空中常常飞满红霞。我已少去玉环，偶尔一次，在去那里的路上抬头，那些烧得灿烂的云朵，又铺开在我少年的记忆里。初中时代我离海是极近的，要夜自修的那些晚上，总有一股海风夹着新鲜的柚花味道，还有含笑。然后，窗外，我看见太阳落下去，红霞渐渐铺开，照红我的脸，然后淡开，突然不见，接着，月亮升上来……

那条路上，有些人家也是爱种花的，斑叶鸭跖草是最常见的一种，瓦盆，砖筑的小花坛里，甚至一个废弃了的搪瓷脸盆，都可以种，随意置在台阶墙头。这实在不是一种长得像花的植物，所以，在我的印象里，那草是有些贱的，到处可以种，到处可以伸枝长叶。茶花也是我不喜欢的，院子里原来种了好几棵，白的，粉的，红的，那花瓣厚得太肥，有些假，让人生厌。再就是仙人掌，太容易种活，便失去了吸引力。

海边，我住了很多个寒暑假。那时候还小，从楚门到栈台的船要开半天，后来，大人们常常说起我两岁时在船上赖着小姑父不肯回家的笑话，我已没有印象。再后来，通了公路，一个多小时的车程便能到，那段路程也随着年龄的增长而逐渐失去了诱惑。在栈台,二姑妈家有个大花园,种了很多花花草草,也种了些时蔬果树,有些小家子气地圈在石头围墙里。我常常爬上洗衣槽,趴在围墙上看海上的船,那些船尾巴总拖着一行白色的浪花。大鹿岛就在对面,还有洋屿、鸡山岛,隔了一段海的距离,却那么近,好像可以踩着波浪走过去。而围墙外,是一块好大好大的岩石,被日头晒得滚烫。隔壁的阿妈总会在上面晒虾干、鱼干,落了些碎壳,腥味便随着海风四处飘散。那块岩石边还长了好大一簇晚饭花,我常常看见美丽的小表姐从那里穿过,像是从别处来的仙女。

写到这里,天还是闷着,风也没有吹来。

记得有个夏天,堂兄带着一家人从南昌回玉环过暑假,小侄女五个月大了,身上长了很多热痱子,白胖的左手上系了条红绳子,缀着一粒晶莹的小海螺,晃了我的眼。这些海螺,是我们小时候的一部分玩具,一部分收藏。大家开心地说起小时候去海边捉螃蟹捡贝壳的事,那时可真快乐,带着一身泥水回家,大人也不会责怪。而那些照片上的海螺是我去年某日在石塘渔村看见的,渔民们用海螺壳当香炉,挂在石屋的门外,在海潮声里祈求着平安。我很小的时候就拿大海螺壳种过吊兰,放在祖父的竹书架上,有一种很朴素和谐的美。自己也奇怪那时的审美观是从哪里来的,可确实,就自然地这么做了,也许,下意识里就有一种与海亲近的愿望吧。

海边也常有台风肆虐的时候。它暴怒着,吼叫着,从我们抓过螃蟹的那片滩涂掠过,冲垮海塘,把许多地方淹没在了汪洋里。半夜里,我听见巨大的风声在屋顶上盘旋,还有瓦片飞到远处摔碎的声音,那风雨有种要把一切都吞没的力量。后来,是一连串纷杂的脚步声、说话声,乱糟糟的。父亲起来冒着风雨出去,过了很长时间才回来,原来是海塘倒了,淹没了边上的村庄,那里的人们只好往远处投亲靠友,而那夜的台风,正好拔起了我家的柿子树,把路堵住了。关于台风的可怕记忆,是和那棵树有关的。那棵树后来没有活过来。我不喜欢吃柿子，却总在她开花的时候捡起那些白嫩的小花用绳子串成一串。那个最矮的枝丫上，还悬过我的秋千。

那串贝壳串起来的风铃，是从象山带回来的，那颜色我后来一直没有见过，很简洁的白和黄，明亮得恰到好处，多一分少一分都不对。我把它挂在那个不住人的房间的窗上，那里还放着那架我一直没有弹过的古筝。那串风铃使得从那面窗吹来的风都有了海腥味。有一天打扫房间时，我才发现，那串风铃的绳子已经旧得碎了，却还小心翼翼地使着劲，把那些贝壳捆在一起。于是，我把它们全部拆下来，放进玻璃瓶。

这以后，我再也听不见那海上来的声音，却常在梦里的海滩捡起贝壳。

风向

灯坏了一盏，有些暗，她摸到那个疤，心跳了跳。

她看见那个自己，穿了短短的红色小圆点的连衣裙，口袋里装满五颜六色的糖豆，捧着大把的蒲公英，站在某个下午，站成一个记忆。

那些白绒花隔着岁月染上了一层雾色，轻轻飞起，飞过眼睛，飞过额头。厚厚的刘海已被发箍固定住，额头上方方正正地贴着一块白纱布，遮住血污，包住了伤口。我找到了那双手，胖乎乎的，沾满绿或奶白色的草汁，她着急地想要撩开那块纱布，却不小心触到伤口，惊醒眼泪。

风是往哪个方向吹的呢？

蒲公英全乱了。

她原是快乐的，颠着书包跟在爷爷后面蹦蹦跳跳，连铅笔盒也要把快乐溢出来，唰啦啦地响。那么多陌生的孩子，那么多黑色的眼睛，都看她。所有的书包，有红的，有绿的，只有她这个是蓝的。爷爷离开后，她开始坐立不安，不愿意把手拿到桌子上来，在底下不停地拧着书包带。那个小个子的同桌，用粉笔在书桌上划了长长的三八线，只剩下三分之一给她，偷偷把小虫子放到她的卷发上，还拿走了她的削笔刀。

操场上，那块石头本不是飞向她的，却砸到了她的额头。石头飞来的方向，她看见一个小小的影子一闪而过，眼里全是惊恐。一阵头晕以后，血流到了眼睛上，粘住了大片的刘海，腥味跑进鼻子里了，她用手摸了摸，黏黏的，一时呆住，不知道怎么办。大人总是来得不及时，直到别的孩子厉声尖叫，她才大哭起来……

没有人主动承认自己是凶手，许多颗小脑袋在老师严厉的目光里低下去，再低下去。她很委屈地抽泣着，却不说话，她听到一个很小很小的声音对她说："我不是故意的。"

第二天，她再也不愿意背着那个蓝色的皮书包去上学。奶奶哄她，父亲恐吓她，她都不要听。爷爷带了个小花锄去挖草药，她一步不离地跟着。

爷爷宽容地笑着，牵着手给她讲戏文里的事，讲七侠五义，讲《锁麟囊》里的薛湘灵善有善报，她听得似懂非懂，却喜欢听，缠着爷爷不停地讲。爷爷懂的东西可真多，她怎么也挖不完。

不知道什么时候采的，爷爷变戏法一样从背后拿出来一大束的蒲公英，把她乐得惊叫起来……

她还是搞不清楚风吹的方向，却记得那些白绒花乱飞，飞成一个梦。

还有许多的磕绊，也留下伤痕，那个隐在发际的疤却常常现出原形，触动心灵里的某个地方。

木槿·沐

关于七夕的记忆，是木槿花开的记忆，是祖母洗发的记忆。

那时不知道那花叫木槿，是当作绿篱在院子的东边种了一排的，已经长得像个大人一样高了，隔开了邻居家的一块自留地。每年夏天，那花便开个不停，浅浅的蓝紫色招来一些蜂蝇，我在那里捉过几只金龟子和萤火虫，也有几只别人家的淘气小猫会从那里钻进我家的院子。

自有了记忆开始，便有了那绿篱。那时家中的院子是个大花园，夏天是极美丽甜香的。栀子和玉兰都是祖母喜欢的，每日要摘一朵挂在蚊帐上。除了那些浓郁的香，还有绣球花的热闹，有粉紫的、淡蓝的，开得满地都是，而石榴，是有着我对于果实的期盼的。我最喜欢那种藤蔓到处乱爬的茑萝，小小的红花里有股甜甜的蜜汁，让我乐意变成一只小蜜蜂。那木槿朝开暮落着，但在我小小的心里，那不用浇水剪枝就能长得极茂盛的植物怎么会是花呢？因此就以为木槿只是用来作篱笆的，是没有名字的。有一次被火灼伤，祖父用麻油调了木槿花的末给我敷，没几天就好了，就又以为木槿只是药。

不知从哪一年的七夕开始，我知道了那树的叶子是可以用来让头发变黑、变亮的。祖母和母亲的七夕里，有关于牛郎和织女的传说，有银河里鹊桥相会的浪漫，但那是讲给小孩子听的，于她们自己，却只有真实而平凡的生活在这一天重复。也是在这一天，洗完了衣裳做好了饭，她们还会想起去采些木槿叶洗发。祖母说："在七夕这天用木槿叶洗了头发，会让我们囡囡的头发变得很亮很黑，老了也不会变白。”我不知道祖母这话的虚实，却很兴奋地提着竹篮子去采木槿叶了。

于是，我开始注意到那片很多年一直在默默生长的木槿。它的叶子有些毛茸茸的，边上还有些锯齿，手摸上去有些粗糙，绿得肥肥的，好像喝饱了水蕴蓄着无数的汁液。我不停地摘啊摘，一会儿就摘了好多，叶子里流淌出一些绿色的黏液粘住了我的小手，把五个小指头捆在了一起，分也分不开，那多好玩啊。

祖母把我采来的叶子拿水冲洗过，倒在水盆里，用手把叶子揉碎，拧出又绿又亮的汁液。祖母的手很白很瘦，一些青紫色的血管浮在上面。祖母轻轻地把我的头按到水盆里，植物清新的味道扑面而来，那流着木槿汁液的水凉凉的，滑滑的，很柔软，像祖母轻轻的抚摸。

我从小就留长发，却很大了才学会自己梳头，头皮总是让橡皮筋扯得生疼，有时候母亲不仔细给我梳头，羊角辫扎得太紧，眼睛也会有些吊，我怕疼，就常常跑去让祖母梳头。她做什么事都认真，动作又轻，会给我梳好多种花样的辫子，把我打扮成小蝴蝶。而祖母自己，从来只是留着一头齐肩的发，不会扎成辫子，也不会盘成发髻。祖母的头发又黑又亮，那时祖父已经满头银发了，在祖母那却不见一丝白发。祖母有把旧木梳，不知用了多少年了，黄杨木已经旧成了深褐色，发着深沉的亮光，触着头皮软软的很舒服。还有一个黑色的旧发卡，是已陪伴祖母多年的好友，每天别在她右耳后的发丛里，偷听着闹世里的一些小秘密。

我坐在树荫下晾着头发，清秀的祖母目光温柔。她慢慢取下那个别在耳后的发卡，把头发撩起来浸入水中，像一朵很大的黑色的木槿花突然盛开……

后来，我就记住了七夕是要用木槿洗发的事。

祖母七十八岁去世，没有白发，我不知道这是否和七夕洗发有关。

祖母去世不久，那些木槿就被铲去了，家里的院子筑了坚实的围墙，院外的空地也都建了厂房。但每每看见木槿，我总会想起记忆里可以数出的那几个七夕，我提了篮子去采木槿叶，还有祖母那黑黑的齐肩长发，那种美丽如此质朴，如此久远。

迟迟

它们不停地绽放，不停地绽放，让干硬的秋风也吹得柔软，但终于，还是香甜得有些腻味了。

我在那棵树下走来走去，时而停下来凝视粗壮的树干和整齐排列的树叶，墨绿的叶子肥厚而硬朗，看着老实，却狡猾地围了一圈锯齿，手指轻轻划过便能感觉到尖锐。

祖母叫冠华，方言里，桂花和冠华的读音相似，所以，我很长时间都以为祖母叫桂花。我想，多好啊，她叫桂花，家里又种了一棵桂花树，当秋天的时候，老了的她也能像别家的老奶奶一样，端着个大筛子去摇落桂花做桂花蜜、晒桂花米。每次做汤圆、蒸发糕的时候，她总说，放几粒桂花米就香了！可是，那棵树一直不开花。

年复一年，树长得越来越高，树冠也茂密得有些肥胖了，挤在樱桃树和文旦树下有些喘不过气来。我比较了一下，还是觉得另外两棵会结果的树重要，于是，就拿了个剪刀乱剪一气，把桂花树剪得又直又瘦，让它的青春突然倒退了好几年。那些剪掉的树枝在地上铺了两天也没有被太阳晒干，我便又把它们都插在土里，企盼着生根发芽，长成一棵棵小树，后来竟也活了三四棵。

十六七年后，祖母也不在了，那棵大树却一夜之间绽放了满树的金黄花。只是，前几年刮台风，那棵大树被连根拔起，重新种下后便不活了，一棵小树逐渐长大长高代替了她。

我醒着梦着，脑子里总在放电影，许多情景在眼前飞过，感受到像在穿过云层时经历的轻颤。我想啊想啊，海风便把那甜香送给了我。

走在八大关的马路上，隐隐闻到一种淡淡的香，四处都寻不到，却总在那里，轻轻地拍你的肩，也淘气地抚动你的长发，等你回头时，却又钻进人群躲藏不见……

我听见你在深深地、深深地叹气。

这年十月八日寒露，虎山路上的桂花开出了第二茬，金黄的小花一夜之间把枝干缠绕得密密麻麻，直到风凛冽地吹来时，才如细雨般洒落到地上。透过有些混浊的空气，香甜里含着丝丝的冷意。路上的人们匆匆走着，我又停下来，思绪也停下来。若美人迟暮，也跌落得这般新鲜，便少些痛楚，爱的人少些痛楚，看的人也少些痛楚。

你还在叹息，我听见了！

女儿红

那一场雨，从冬天漫长地下到了初春。无患子树还没有抽芽，雨渍把树干浸得黑黑的，像是久未睡好，倦黑了脸。

可是，只睡了几个安稳觉，前门邻居家的女儿便悄悄长大了。

一个用空了的口红管偷偷飞进了我家的矮墙。矮墙里是几棵大文旦树和我的秋千架。我在枯草和石子间找到它时，它已经被太阳捂出了薄薄的一层水汽，但青春的颜色依旧温润，散发着甜腻的花香。一个点缀着几朵小花的饼干盒，不知道是哪个年节时就收着的，里面藏着彩色的糖纸，一双穿小了的白色长筒袜，香烟盒上剪下的阿诗玛、红山茶，各种零散的小珠子，现在，那个口红管和这些小秘密一起，被轻轻地收了起来，蹑手蹑脚地放进一个柜子最杂乱的抽屉里。但是，我常常忘记，哪年哪月死命记得要珍藏的东西、要记下的语句，就这样，和年纪一起轻易地丢了……

当我再看见她时，她的裙角飞扬起来了。我仔细地瞅了瞅她的嘴唇，却有些不好意思，仿佛自己的小秘密已被她窥见，勉强地笑时，虫蛀的乳牙都没有露出来。后来，便很少看见这个姐姐了，她穿着红衣裳，擦着更红的嘴唇，大声地哭着，被一大群人接走了。

我又有了新的玩伴。另一个没了丈夫的女人带着一个七八岁的女孩来了。她总是头发乱乱的，眼睛眯着像是睁不开。我许多次看见她母亲受了新婆家的气，便去打她的头，她也不哭不闹，木木地歪着头，隔着远远地看我，然后，我便走开了。

我在溪边走着，拖着一根枯树枝打跑了路边的四脚蛇。那里的野草莓开出了洁白的小花，再晒几天太阳，她们便红出了果实。我再回头，她在我身后远远地跟着，我停下脚步，她也停下，却不敢走近。小孩的世界很神奇，忘了是怎么走到一处的，没过多久，我便跟着野丫头满世界跑了。我们比赛扔瓦片，把邻居家菜园里的油布砸出许多大洞；我们爬上高高的围墙，把码在最上面的水泥砖搬下来搭了灶台，燃了好多没干的树叶，炝了一脸的黑灰；我从岩石上滑下来擦破了膝盖，她摘了几片草叶揉出绿色的汁液帮我擦，擦得我衣服裤子上全是绿渍。

在我挨打关禁闭和雨说着话的时候，野丫头回她另一个家了。我上了学，在玩跳皮筋的游戏时，认识了村里所有的女孩，做起了女孩子该做的事。

野丫头再次出现时，脸微微发胖，抱着一个男孩在路边晒太阳，成了这个村子里最普通的一个家庭主妇。她消失的这些年成了一段空白的记忆，以至于当她和我打招呼时，我莫名其妙地胆怯，不敢走近，也不敢相认。

而我，还在等一朵月光长成一个美人。

一处记忆

隔了很远，也能闻见那里散发出来的温热的泥土气息。三米多高的溪涧沿上，到了枯水期便长满带刺的野草莓，太阳明晃晃地照着，有些入夏的意思了。有个转角上不知哪一年斜斜地长出一棵柿子树，像一把伞打在溪涧的头上，下面阴着的那块地方便得了些快乐的阴凉。柿子树开花了，一朵朵白的黄的，像一个个精致的花盆，掉到溪涧里。没有了水，溪涧里的沙石都露了出来，上面还顽强地趴着一些晒干的小石螺。随便掀开一块洗衣石，下面还汪着一泓清水呢，一条泥鳅尾巴一打便不见了，清水也迅速浊成了泥浆。

有好几次，我看见雉鸡拖着长长的五彩羽毛，从溪涧上飞过，钻进边上的小松林，引起一阵不大不小的骚动。那里有猫头鹰、麻雀，还有许多种不知道名字的鸟。调皮的松鼠常常会打翻某棵树上的一个鸟窝，鸟窝也许还温热着一家四口的体温，却掉下来，被风吹跑了。那一家四口特别喜欢那棵长在半山腰的松树，它们叫唤着在周围飞来飞去，也没有找到那个被风吹走的家，便又四处衔来枯草枝，搭起一个新的鸟窝。

水是山上冲下来的，年岁久了，便有了这条溪涧。这里只是溪涧的中段，它的开头是个小瀑布，水太急太深，而这里水流不急不缓刚刚好。再过个几百米，水又流进了别村的河塘，溪水那么清甜，人们都爱着呢！雨水充沛的时期，这里就是村子里的道场。男人汲水做农活，女人洗衣洗菜，嘴巴还不停地张家长李家短。小娃娃最高兴了，玩水捉鱼，总有使不完的劲用来淘气捣蛋。

在不远处，隔了一片不大不小的柚子林，便是村庄了。傍晚时，炊烟顺着风向绕到山脚，朴素的气息会钻到人身体最柔软的地方。

夏天来了，这个上午有些暖烘烘的气息，野草莓的小尖刺更长、更锋利了，草丛里多了许多蚊蝇，一不小心便要被叮上一口。听到脚步声，四脚蛇一扭头便溜进了草丛，彩色的鳞片闪着淘气的亮光。半蔫的牵牛花，地上柔软的青草，这些，这些都让头顶上的炎热变得含蓄而幻化出诗意……

哪一年开始的呢？我也不记得了！当我再次注意到这个溪涧时，村庄已经变了模样，溪水也已经干枯了。有一户人家在边上盖了巨大的别墅，搭了座小桥，把大半条溪都围进了自家的院落。溪另一边的山脚，盖了个工厂，机器声没日没夜地轰响着，吓跑了许多昆虫鸟兽。现在，我在回忆里，渐渐还原出她本来的模样，还有些清新的气息，却远得捉摸不定了！

第二辑

安静的早晨

这个早晨如此安静，让我生出些陌生感。我很久没有在这么安静的早晨待过了，真不习惯。我把一绺头发夹到耳朵后面，耳朵里什么声音都没有。

往常的这个时候，楼上那家的老头，走路时大屁股一扭一扭的老头，他已经粗着嗓门在自说自话了。桌凳挪动，钥匙落到地板上，各种声音传到楼下，吵醒睡梦中的我。往常，楼道里会响起沉重的脚步声，六楼那个卖蛏子的老头又出发去菜场了。也许是下了雨的缘故，也许是真的太早了，鸟鸣也不见了。这天静得有些怪异，可是，正当这样想时，不远处响起了哀乐，许多种乐器齐奏。死去的是个什么样的人呢？也许就在昨夜那场大雨里，那个人咽下了最后一口气，也许，那个人死于一场事故，或者，他或者她在一段时间的病痛后得到了解脱。

天已经亮了，水管里有了动静，水被楼上的人家抽上去，又从另一个管道流到更黑的黑暗里。鸟群这时也飞来了，早晨变成了另外一个样子。阳光闯进来，在地板上拖得很长很长，好像炫耀她的礼服有多么漂亮。我用铅笔在纸上记录着这个安静的早晨，纸和笔摩挲出动听美妙的声响，可是，我忘记一些字了，于是，时间就停顿了几秒。

就在昨夜，满世界的狂风暴雨突如其来。我躲在楼里看乌云压境，似乎与己无关，直到那一缕缕清香，让我看见清新的雨季顿时浪漫起来。一朵小小的茉莉，白色的衣裳是她的新衣，早晨还在竹竿上晾着，傍晚便迫不及待地穿上身。她的身体也散发出清香，多久没有这么香了，仿佛是透露些暧昧的消息给恋人，所以，那么大的雨，她反而舞蹈，翩翩舞蹈。多么可爱的小女子，聪明的她，如同一个精灵，挤进我身体苍白的缝隙里。模糊了的记忆，不断地在我的脑海中复原，变成文字逃生。细白的味道闯进柔软的心脏，像一个存在已久的病灶，不断催生疼痛。那个夜晚和这个平淡的清晨，于是，都闪耀出些许的希望。

太阳光进来了，重叠在墙上的叶影也灵动起来，她们常常要吵我，像无数个精灵躲在我周围，她们的游戏我已深谙其道，但她们仍百玩不厌。

海棠一色

这一季是海棠的。

那天微雨后初晴，还有很重的寒意。看见她在风里飘摇，我便想，这朵花可以取名叫胭脂。在我眼里，胭脂是笼在少女脸上淡淡的粉，如纱如雾，雪白里沁着绯红。好看的花都有名字了，品种也被规格住，但我想，有什么关系呢，我看见的是海棠里的一株，是西府海棠里的一朵，好像在一群女子里看见一抹清丽，开得单薄，却散着暖暖的香气，我便喜欢了，叫住她，要唤她胭脂，因为她好看，让人心疼。

男人喜欢把女人比作花，比作烟，而如花、如烟总有些烟花柳巷的味道。女人却喜欢给花一个贴己的名字，以为花可以是自己的化身，是自己的姐妹。总是这样，便有了错觉。

她也许不是解语花，只是个哑女，安静地开着花，茫然等待生命的绽放和凋零。她知道生命是一阵花雨，一场华丽的错觉。她不能说话，冷了就缩起身子，抖抖身上的雨滴，娇弱到令人疼惜，却依旧微笑，绽放单薄的美丽。春风微寒，卷帘人道海棠依旧，我却见易安消瘦，满眼忧愁。

那株垂丝海棠是嫁接在梨树上的，小刀子剜开的地方长了个很大、很粗俗的木疙瘩，格格不入地保留着受过伤的样子给所有的眼睛看，自己却早已没了知觉。也许是因为麻木，便不会生疼，花还是一样地开，开得繁茂，忘记自己是被人遗弃在荒芜的院墙里的。每年清明，去祖母那里上坟，我们都要路过这株花，也许折几枝放墓前，也许折几枝带回家，但带回的，总是半路就蔫了颜色，或者零碎了花瓣。

有一年，那棵树的花快开出那堵荒废的矮墙了。大家都赞叹那花开得真好，父亲却不在意地说，这花开得好，也许要被人挖走了。便随手剪了几枝，也嫁接到梨树上，种在院子里。父亲嫁接的手艺居然不错，花很快种活了，第二年便长了一枝细细长长的绿枝，开出几朵散碎的花。但是那花却年复一年地瘦弱下去，不见长粗，经常有人照看，她倒不适应了。而那株被遗弃的海棠，终于也不见了，也许是有了个更好的去处，也许是一直想念着过去的隐居生活，便枯朽了。

如果见了，我也还认得她的，但我再也没有梦见。

不安稳的事

再多一片云，天空就不安稳了。那些风都安静下来，只有树叶在微微颤动，树冠圆满，一朵朵独立绽放。

有个傍晚，落日的阳光变得金灿灿的时候，几只雀鸟从远处飞来落下，她们交头接耳，为琐事吵闹着，好像很烦恼似的，突然又大声喧哗起来，听不懂她们在吵什么，但天边的云朵都被烧得通红，拉长铺开了。

樟树结了籽，黑色的浆果落了一地，石凳、台阶上也都是那些细碎破裂的黑暗果实。有几颗正坠到了头上，抬起头，正见一只松鼠从那棵树上飞快地跳开，到另一棵树上。树枝还在颤动着，几只大鸟停上去，飞快地，有一只从原地冲向另一只，那只却不领情，扇动翅膀跳开了，又有一阵黑雨般的果实落下来。

有时，这些树木、草叶也透出懒洋洋的姿态，仿佛睡了好觉，做过了美梦，醒来时，太阳热乎乎地照着，那么，便有些微醺了。一些落叶被太阳晒得焦黄，咔嚓声便轻柔地在脚下响起，原是不想惊动寂寞的，却落在了寂寞的中央。光影忽明忽暗，随着风向从树的间隙里落下，摇摆不定，额上，眼睛里，于是多了些光的魅惑。

树若是失去叶的外衣也是极美的。枝条在天空这张大网里挑动线条的艺术，黑白的颜色比艳丽更富有层次感。突然改变视觉，看见这些细枝末节幻化出不同的样子，心中便有一种远离尘世的意象。在车上看着路边飞快退后的这些树，不断地从现实世界独立出去，变小，变立体。在路边，田野，连绵起伏的山顶上，他们秀丽地排成一排，或乖巧可爱，或成熟稳重，或隐匿在云朵中，隐匿在夜色中，隐匿在水雾中，悄然不见。看着看着，这些便远起来了，像入了画。经过他们，原是不经心的，却做了个极长的梦。再睁开眼，却见仙霞关外绿竹成林，云雾萦绕。

也是微寒的春日，细微的小雨落着，从西湖通往翁家山的路上，多了些泥泞曲折。这时的西湖已如泼了水墨般安静，长堤短亭都绣着雨色，有些僵硬的杉树一动也不动地矗立着，似乎要把天空刺穿，它们有着怎样的野心？水边的桃柳不再柔软，光着的树干黑黢黢的，几个人在堤上寂寞地走着，打着的伞也是灰旧的。

这个世界静止下来，只有心突然裂开般地悸动，要把这些残影都拖进去。摸摸看，心里还有那么大的缺口没有补上，但我知道，再次回忆时，这些景象便乏味了，只有几个情节，还不肯散去。

蔷薇蔷薇

我已经很久没有这样安静了。安静得像植物，那种叫蔷薇的。

这是花的一种，蔓生，青茎细长，布满利刺，羽状的绿叶繁密。花朵，花朵是怎样的呢？洁白，或者浅红，深玫色，花瓣薄嫩，朴素温柔。

春夏之交，她便开了。从那面墙下走过，我想起了这该是一个关于年轻的美丽故事。十年，我们说起人生只若初见，仿佛已老去多年。十年有多长？我怎么还需要掐指去算呢？我于是想，应该有个少女是叫蔷薇的，大概是某个电视剧或者言情小说里的配角，齐刘海的短发，瘦弱的身子穿了短短的裙子，平底鞋踏在路面上没有声音，和她一样的羞涩。

看见花开的早晨，阳光格外好。她攀在一个小区的墙角篱落，香气散发，好像梦中初醒，眼神明亮。边上是喧嚣的学校，杂乱的社会，却仿佛离得很远。于是我不愿意走开，愿意多看几眼。这个时候，心里便没有了别人，只是一种幽然，把自己填得满满的。若是菊也隐逸，这蔷薇反而多了些无华的美丽。透明的晨光里，我看见那些花慢慢把头抬起来，微笑，相互点头，平凡的世界里，她们心甘情愿的卑微，多么坦然。四月的许多个早晨，我都特意从那里经过，去看看这些花，站在边上，仿佛自己也是其中一朵。有个傍晚下起了大雨，风冰冷的，我便记挂起那些花了，似乎血肉相连，或者是亲密的已知道冷暖的朋友。那些不安和忐忑使我再也不能集中思想，如想念一个人，期待一次相见。我从来没有和别人说起过蔷薇，好像这只是我独守的另一个秘密。

去年大约这时，或者五月，在西溪，在丽江，我都见过她，更远时，在苏州的园林里，我也见过。翻开照片，果然都在的，西溪的她无声地开在隔水的远处，有些潇洒地悬挂，错落在绿叶丛中，成了我的背影。淡雅的她开在苏州园林灰色的古墙上，如一轴俊秀的画渐渐展开，要从容不迫地逼走香艳的春天。丽江的时光里，她是一些香气，是暗夜里看不见的浪漫，我在附近徘徊过，或者停下来，靠在她的墙边打电话，有一个声音从很远的地方传来，停在我心里，温暖我，但他没有闻见那夜的香气……

而那几场雨，都没有躲开，也都躲不开。这个早晨，我看见花瓣凌乱，碎了一地。

待繁花落尽

每年的四月，都有一场雨，绵长，忧愁……

夜里被雨声打醒，书还翻在枕边。邻家的女孩学古筝到深夜，琴声有些稚嫩，不时有个停顿，这样的天气，本是很好睡的，思绪却舒展开，随了雨声，滴滴答答。

灰不该是素色，只是一种旧，沉闷无声的低落。这场雨必定有千愁万绪，所以昨夜雨大。也许，就这样，一年，两年，眨眼便过完了一生。紫阳这名字有些仙风道骨，却有些看破红尘似的灰心。我无数次看见那些花，开在雨季这灰旧的底色里，体态丰腴，形容艳丽，还点缀着清澈的晶亮，像是睡过一夜好觉。

那天下着雨，福州的气温很舒适，樟树长出细嫩的幼芽，榕树像寿星慈祥可爱。一堆粉白的花瓣被雨水冲到河边的石栏下，那边河水清澈，水草丰满，她们却挤挤攘攘，面色苍白。旁边走过的女孩说刚好上次来是晴天，这次是雨天，风景不同，挺好的。大雨落下来，雷还在头顶响着。我久久地望那些树，看雨水在树叶上开出花，未注意到雨水灌进鞋面。那些树知冷暖，随着四季开花或落叶，而其中一棵最懂春意，却一半欣喜一半忧愁。

那些花不知不觉开了。一个夜里，我一个人走到紫藤架下。紫藤落的时候也会下一场雨。曾经的伙伴们都记得，那铺在灰色地砖上的美丽，细碎却不猥琐。后来有一张照片，是那个小男孩的，不知道名字，头发长长的，站在一长串的紫藤下仰着头，我们相互传看，多么想把那个人换成自己。那张照片，我们至今还会想起。现在，这是个并不安静的小区，可是，在那里静静地站了一会儿，天地都似乎成了月亮下的淡紫色。香气环绕，我闭上眼睛，仿佛被装入一个玻璃瓶，忧伤一点点多起来，漫来漫去，要淹没我。我们曾有那么多那么多的愿望，在炎热的日光里烘烤出焦煳味，清晰刺鼻，不断冲撞着内心的平静，却又在雨里腐烂得没有了迹象。青春还在，却只说着老。

而那些野菊花原是记忆里没有的，看见了却那么亲切温暖。她们在雨里抬起头来，背景有些虚化，恍恍惚惚。幸福只是深夜里另一个人的轻声应和，只有自己知道，那些回应需要多么用心。

原来那么久了，不悲，不喜，很努力。

初夏的绿

初夏的绿有些青春少女的姿态，轻透而薄嫩，阳光一照，便显出纤细的纹路，经络分明。

春天第一声雷响时，她们便醒来了，惊慌地穿上衣裳，也许还忘情地在春风细雨里翩然舞蹈。安静的天地间，我闻见泥土正散发出软糯的香气，使着劲把生命往地面上推送，要生育出色彩斑斓的世界，但绿色突然铺天盖地地来了。

夏天的国清寺去过好几回，每次都见它被深厚绵密的绿覆盖着。雨还安静地下着，那些绿色，在雨水里浸泡得晶莹透亮，被滋润得更丰满起来。站在寺外的桥头，几颗水珠正从薄嫩的枫叶上滑下，滴到额上，又落到桥栏上溅开。也是这时，一袋子晨光正从梦里倒下，惊醒了人间的鸡鸣犬吠，还有不远处清凉的溪水。

上次去大概还在四月吧，琼花开得正好，爬山虎青翠地攀了满墙，我穿了红衣，脚步轻盈。一个姐姐说："就这里，这墙绿最配你的红衣了，拍照肯定好看。"羞涩地笑着，青春被定格。那些照片后来便被我忘了，但黄墙黑瓦间的绿色记忆却格外深刻。

一枝藤蔓在阳光里低低地弯下腰，在斑驳的黄墙上映出一个优美的身影，樟树花落着的石缝里，一丛苔藓长出毛茸茸的细芽，像举着个尖尖的勺子，勺子上还卧着小水滴。绵软的绿色森林里一定住了几个精灵，蚂蚁在下面爬过时，脚步也变得柔软，像是害怕惊醒谁的甜梦。

我的心也是细密的，否则，怎么见着那些落叶飞下，在风里打了几个趔趄再慢慢飘到台阶上？不可说，不可说，罗汉怒目圆睁，佛在近处，轻轻嘘一声，这里便静得能听到蜡烛燃烧的噼啪声。

大水缸里倒映出繁密的枝叶，另一个清静的世界。雨里，一切都更清静了。僧侣从廊的那头拂风而来，已经褪得色旧的木门在他身后咿呀打开，烟火溢出，飘了几缕到镂空的木窗那里。那里，高高的窗外，一盆红花正随着太阳的方向偏转着头颅。若有眼神，她也必定婉转。她已离开俗世许久，在这里，淡忘了贪婪的欲望，听几声经诵鸟鸣，心便安静了。屋里那个老僧的脚步声也慢慢地熟悉了，天还不亮，他便走到院里，仔细清理香炉烛台，拈去上面落着的几片落叶。她对着他笑，他偶尔也抬头看，却装作未见似的，又转头去看墙上的几枝石榴。石榴只开了几朵。

雨是突然来的，落在苍老的隋梅（寺内古梅）上，落在嫩绿的芭蕉上，落在刚萌发的小荷上。一个女孩打了伞俯身在石缸上看荷叶，水珠透亮透亮的，在叶子上越滚越大，她便用手指戳散，又回过头，对着坐在廊里的母亲笑，让她也来看看，但那母亲只是随意笑笑，往远处看着。

不远处，几只松鼠在苍松翠柏上惊起一阵骚动，水滴纷纷落下，一只飞鸟往古塔飞去。往古塔去的路上，绿叶把天地挤得狭窄，于是，屋檐上的那只神兽便伸长了脖子。

一个青绿色的甜梦

这个五月，我见到了这位叫西溪的女子。

一直都是知道的，西溪很美，可是，为什么却总是没有去看望她呢？因此错过了她的许多美丽。

那个午后，我把脚步放慢，再放慢，穿过青色的苇叶丛，轻轻地走进了西溪。

这是一个没有喧嚣的静谧之地，南宋皇帝赵构曾想建都在这里，但后来见到凤凰山又改变了主意，一句“西溪且留下”却从此给西溪添了许多幻想。又有厉鹗写道：“芦锥几顷界为田，一曲溪流一曲烟。记取飞尘难到处，矮梅下系庳篷船。”他爱着西溪呢。

风温柔地吹得竹叶簌簌地响，在古朴简易的木椅上小坐，会有细碎的落叶悄悄地飞下，在头顶轻盈旋转。一切都是安静的，仿佛时间也要停下来，在水边探着头，张望那青翠的菱叶在生长。屏住呼吸，还会听到远处有鱼跃上水面再跌落的声响。

深的，浅的，到处汪着绿色，水是青绿的，树荫是浓绿的，初生的红菱与荷羞涩地绿着。在绿色拥挤的河岸旁，又开了一丛丛金银花，已不再那么刺眼的午后阳光里，充满了香甜的味道。不知不觉就醉了，在这里，心也会很柔软。每一丛小花都亲切得像姐妹，每一棵绿树都温存得像情人，总围绕在你周围，不时低头轻轻地吻吻你的长发。

许多的木房子是空的，圈在竹篱笆里，守着一样的空寂等待主人归来。轻轻地推开一扇木门，会发出咿呀的声响，惊动心灵里面住着的小仙女，她飞出来，附在我耳边说："如果可以，在这世外桃源里，做一个陶渊明的女儿，多好啊！"西溪是一位多么温柔的女子，要读懂她田园的诗性却那么不易。那些文人墨客、白衫的侠客们，在西溪留下了痕迹，留下了隐逸的梦想，直到现在，那些随意堆在院落的瓷缸里，仍浮着绿萍，底下沉着一个个恬静的心事。

细窄的石板路旁开着烂漫的鲜花，白色的菊散发着温暖的香，还有熟透了的野草莓和桑葚，让人一不小心掉进了童年的甜美回忆。沿着绿荫越走到静处便越看不见人影了，只有绿色的小路独自蔓延着。静静的水依在边上，水面上浮了一朵朵的莲，有些已经开得很灿烂了，顾自低着头，在青绿色的镜子里凝视着自己。这时，水也有了生命，散发着凉润的水草的腥味，掬起一小捧，然后看着它慢慢从手心里滑走，便觉得心跳也要停了。

偶尔有木船在水面缓缓摇过，木桨轻轻划出一层层的白色浪花，像把所有的相思都化在水里，一圈圈荡漾开，成了一个个青绿色的甜梦……

四季

这个夏来得晚了些，六月初还有冰凉的细雨丝。

我喜欢虎山那里的台阶，安静地匍匐着，如岁月已停息浮躁。而从那个台阶上走过的人终究还是纷杂，即使早晚没有那么多锻炼的人，那里也还是热闹。我在那里见过欢喜的情侣，手牵着手，满身漾着永远没有表达完热情的快乐；也有孤独的老人把手背在身后，低着头，赌气似的喘着粗气往山顶爬；那几户热闹的人家，总是叽叽喳喳，说不完的时政要闻和邻舍长短；有一个小孩要骑在大人脖子上，另一个扭扭捏捏，要挣脱了大人的手去摘刚开的杜鹃花，那欢笑的眉眼比花朵灿烂百倍。

紫藤已开过了，青春正好的时候，她会引来许多的蜂蝶，漫不经心地造一场事故。这时，她光秃秃的树干用力地缠绕住水泥架，苍老得没有生气了。但偶尔也有一只旧相识的小鹊，踟蹰着停在上面消磨光阴，扯着嗓子清脆地喊叫。石榴花每年初夏都开得火红，却从来不结果，每次经过，我都静下心来看她，看她的欣喜，看她的恍惚。边上的石桌刻着棋盘，却难得看到有人对弈，几天的雨便让它长出了滑腻的苔迹。

路两边的泥地和山墙这时都长出了青绿的苔藓，泛着柔和的光，还有一些蛛网，晶亮地点缀着清晨。阳光穿过树叶的间隙落进来，也有软和的东风，轻掀起叶子，像撩起薄纱的裙裾，露出叶子底部的灰白绒毛。那个修剪花草的老人在这个周末又出现了，色彩斑斓的花短袖和锈迹斑斑的大剪刀在树丛里晃来晃去，“嚓嚓”声一路响着。

这几年未下过大雪，那里一年四季都绿着，或浓或淡，或抒情地在地上积些枯叶。天冷得冻手的时候，那些牵着手爬山的人会冒更多的热气。一些露出地面的树根已被人踩出了光滑触感，不轻浮的袒露最引人注目。几座凉亭还一路和谐地相处着，和那些静物一样，时而沉思，时而触景生情。因为懒，半山上的第三个凉亭是我去得最多的。有一个黄蜂在那条石栏上做过俯卧撑，几只蚂蚁搬着沉重的糖，在石椅上走走歇歇。我偶尔也拿着个相机，一路走到顶上，走到这山的最高点，远远地看这座我依旧陌生的小城。那里还留着几块庄稼地，常年都有播种和收获。

早晨和傍晚还是不一样的，月光总有些微妙的诡异，把某处的白色蔷薇照得有些晃眼。

有一次，我悄悄地走进边上的常乐寺，空无一人的大殿让我感到脊背一阵冰冷，而那墙外晾晒着的僧袍，又把我拉回人间，感受到灰旧的烟火气。这个小山就在闹市的边沿上，但这些树丛，花草，或者是长满绿苔的泥地，都会吸纳人间的嘈杂，会让人沉寂。

这四季已不再分明，却突然有一天看见青绿的蝉爬上了树梢。

结

我喜欢那些旧街巷，隐在历史和现实的角落，已被烟火熏黑，周身剥落着、遗忘着。夜晚，那些灯影里也曾照亮过繁华，只是，现在和历史一起沉寂了。

这里是温岭的老城，小南门的城门已经荒废，局促矮小，巷子窄长，爬满野草。堆砌城门的大石块依旧阴湿生冷，似乎要渗出水来。从中央园巷的高墙下走过，一间低矮的石板小屋前，几个阿婆用方言大声地谈论着菜场里的菜，屋里面是凌乱的桌椅，和几十年生活积累的烟火气。这时，也有人走过，随手在墙外胡乱扯几枝桂花，落花细碎的声音打碎了那个下午的宁静。

我走进长大楼路的几座古宅，看见沧桑岁月被修补的尴尬，几面石窗已爬上了青藤，镂空的格子里是漆黑的潮湿和蛛网，丢弃的旧物散落一地。不管这里曾经有过怎样的精致生活，不管这里曾经几进几出怎样的人物，今天，这些历史建筑有的荒芜，有的摇摇欲坠，却仍在支撑着与现代人格格不入的生活。也许，不久后，这里就会消失。

这只是闹市里一个等待拆迁的地方，天空电线凌乱，墙壁灰暗，有些让人厌烦的生活气息。那几把老藤椅快散架了，风吹日晒褪了许多颜色，仍旧苍老而淡定地停在那家破旧的院墙里，有些尴尬地隐居着。冬日暖阳下，这里会有几个白发的老人，年龄和她们的皱纹一样老了。她们就那样安然地倚靠在狭窄的椅围里，自言自语说些对方都没听见的话，也许挪动一下僵硬了的腿脚，发出些吱呀的声响，也许会有一阵沉默，和风一起轻微地掠过。生活到了这岁月，便有些无奈的孤独。

这里也有些奇怪的格局。坚硬的水泥路边，几户人家在某年拆建了几座老房，不冷不热地把新居安下来，试图改变这里的生活，却使这里显得更加凌乱。

在温岭好些年了，原来一直不知道这个小城里还隐着这样的地方。我是不识路的，偶然夜里走过一次，现在却依稀还可以辨认，于是循着那夜从容的足迹，走了一样的路程，看了一样的风景。白日里听不见足音，心却跳得很踏实。在那丛蔷薇开过的地方，我又抬头，只是，你知道的，心情不同。

于人于物，我常常糊涂，说不出道理，觉得好，便喜欢。一些地方是因为人和事的缘故才生出感情来。比如爱，那是自然流露，是人性里的欢喜。欲望也会停息，如夜色一丝丝沉入安静，但往事仍旧会翻开，像结，再也散不开。

十几岁时觉得岁月很长，未来还很遥远。现在，对岁月的担心却仿佛一眨眼就来了。有一天，看见那青砖墙上开出鲜艳的绿苔时，突然发现自己已不再欣喜若狂，便明白，某年某月，我亦将发白，清静如水。

海知道

几声雷响，樟树叶跌了一地，然后，春雨便淹没了夜晚。

过不了几天，那些樟树便会伸展出层次，变得丰满、柔软，越发妩媚。站在办公室的窗前，看到远处稀稀疏疏亮着灯的高楼，在整片弥漫的雾气里像一个海岛，多么像在栈台遥望鸡山、洋屿岛，又或者，看见石塘半山上的人家。一些莫名的东西在海腥味里翻涌，不管经历多少年岁，我却依然走不出大海情结。远处，仍是遥遥无期的守望。

有一次，我和几个朋友一起去玉环的栈台寻找曾经的炮台。走到一个叫双退的村子，见到几个老人，其中一个正从山地里挑着一担菜蔬回家，另两个在破旧昏暗的屋檐下刨番薯丝。边上另一处废弃的瓦房里养了许多鸡鸭，家禽的吵闹衬托出周遭的寂静。村子的主要道路不久前做了硬化，路边突兀地种了鲜红的鸡冠花，干净的地面更显得这里冷清。这里的年轻人都出走了，留守着的人们依然过着靠山吃山、靠海吃海的日子，有力气的还能在近海网些小鱼虾，岁数大了只能织网种地。那些石头屋依旧牢固，木头房子则倾斜腐败了，生出更大的隙缝，狭窄的小路，被挤在繁密的树丛或者杂草间，也渐渐老旧下来。隐约印在儿时记忆里的炮台和看过电影的空旷大操场怎么都找不到。我以为那些情景会一直停留在某个夏夜，待真实起来时，却只有其他莫名其妙的烦躁。

那个小学荒芜得只剩下一个空架子，门上挂着藤蔓，操场上长出许多野草。姑妈家的小表姐原是在那里当过乡村女教师的，她多美啊！

当她在家门口那丛晚饭花间走进走出时，空气都会凝固。

多半的年岁，我是在那里的海边长大的。正值秋天，小野菊依然开得漫山遍野，飘进嗅觉的却是小鱼小虾晒日头时留下的浓重腥味，那些大岩石上总有些坑坑洼洼的角落要私藏一些货物，等到下雨天，便积起一汪浑浊的脏水，闻惯了复杂的味道，竟也觉得亲切。岩石下面，是别人家的屋顶，走到边上会有失足的恐惧，却还是抵制不住好奇心，想去触摸那瓦楞上长出的鲜嫩瓦松。再或者，某条路边排了一溜的小木窗，踢踏的脚步声响起来，被正在窗里吃饭的人认出声来，他就抬起头和走在路上的那人打个招呼："×家阿大，吃过饭没？到我家里来吃点吧！"去年在玉环大青岛，我也听到过这种真诚热情的声音。几位大嫂正在井边做事，抬起头看见一群陌生人背着大大小小的相机从边上走过，便笑着问我们是哪里来的。简单地应了几句，便很客气地要留我们吃饭，随行的小孩子要玩水，她们便帮着提水。也许正是和陆地隔了半小时的海路，才使那里的居民保留了淳朴的本性。

这几天连着下雨，风都没有干透。穿过政和路时，我抬头，去找去年曾变得沉甸的无患子，却看见了树顶上一片海蓝，小小的，正在逐渐扩大，铺开……有种东西慢慢渗透，渐渐到了心里，一切都放缓节奏，仿佛到了另一个世界，直到阳光强烈起来，灼得眼睛生疼，才像是梦醒跌回到地面。

深呼吸，还需要宁静，平心静气，破开那微澜。

流和

那明月还有我读不懂的圆缺，似是而非。

在秋初，那些云也把尾巴拖得很长很缠绵，绕过风雨，温柔地散开，然后，夜逐渐暗下，把绿默默地铺开。必定还有欲望不息，所以在那处，我想匍匐下来，要在这清幽里，卸一身尘埃，空下来，只用青春去成全一个愿望，让头发上也长出苔锈。

风也和这个城市的眼光一样，秀气地穿过我的五指，轻得像绸，然后俏皮地隐到树丛的最僻静处，安稳地落在草叶上，赶走那里的几只绿蜻蜓。又在骤然间，水边的雷声打断我说话，一些鸟从林梢惊起四处逃窜，啾啾的虫鸣也戛然而止。豆大的雨点在方石路上光亮地敲出水花，在水榭上密布的野葡萄藤间追逐……这世界越发安静了。

那个湖静得有些冷了。远远的灯影里，那个长廊有些摇晃，可以分辨有几颗跳动的心，也许无意，便把暧昧甩进了水中。真的有些冷了，雨倒下来时，路边的那对还在等车，有些荒的山路上，宽阔的手臂拥着娇小的肩，仍旧幸福而知足。这天是七夕，于他们，雨很快便要过去，这记忆也许留一辈子。远远地回过头去看，山路已经拐了弯，浓密的树影和雨水铺天盖地。

那位老翁坐在路边很久了，目光凝滞。来来去去，他还在，旧棕衣包裹住瘦小的身体，还滴着水，头发花白，凌乱地从箬笠下露出几绺。他的面前还有半篮莲蓬，像在画里过着“乘月采芙蓉”的逍遥日子，只是生活，也许已如这莲房般被日晒得蔫萎，失去了耐心，却又在大雨里湿得淋漓尽致。

那扇木窗外是沼泽，浅浅的清水汪着，任由雨水跌成圆晕荡漾开。水草上埋伏着细腰长腿的蜘蛛，一次次被雨点打到水里，又一次次迅速地翻过身，爬到草叶上。也有芦苇，挡住远处茶园的一大片景色，从那里穿过，便有一些荷叶，圆滑地长在夏末。荷只剩下了几朵，雨里，有些清冷。坐在窗边等夜，等雨，等乌云散开明月出，像在挥霍本来就短的人生，奢侈得有些可恶。但雨终于还是歇了。周遭悄悄地笼上了一层轻薄的雾气，像从远处飘来，又像是凭空落下。还是那扇木窗，窗外的景致又不同了。半弯清月有些模糊地出现在左边的天空上，看不见星星，也没见着喜鹊，屏着气息探听，却更安静了。

素心如菊

又想见菊开遍地。

看看时间，也该是菊开的时候了，院子里原有那么多种菊，浅浅冷香把秋开成七彩，如今却同荒草一起疯长着，还不见得要开。

古人写菊，我最喜欢的是李商隐那句“暗暗淡淡紫，融融冶冶黄”，把那颜色写得妖艳心暖。而司空图《二十四诗品》中写道“落花无言，人淡如菊”，就有些看破俗世的宁静之气，淡泊的韵味。再想到那几个菊一样的女子，又把《红楼梦》翻到第三十八回，看她们写的菊花诗：“满纸自怜题素怨，片言谁解诉秋心？”那寂寞那孤傲气是从骨子里透出来的。陶潜在东篱种菊，以酒宽心，悠然的黄昏也有些醉了。

菊是喜阳的，只要土壤合适，在富贵人家的厅堂花园种得，在平凡人家的阶前院角种得，寄居山野悬崖也会有别致的美丽。可以舞爪妖娆，可以暗吐芬芳，可以低头隐逸……

于是总觉得菊有着远离尘世的脱俗，秋风寒雨中不低头不气馁，执着的淡定，简单而朴素的美丽。

那么多菊，我却只喜一种野菊。

说不出名字，小小的白色花瓣总立在茎叶的顶端，中间是抢了眼睛的黄色花蕊，连香气也自卑地压住，她却在山谷路边，从春开到秋，默默绽放，凋零，点缀出一些自然的生趣，又悄然隐逸，牺牲得毫无理由。她大约是菊仙子里最小的妹妹，是她母亲的私生女，为躲开那些姐姐张扬的美丽，把头低下，再低下，蒙了一身尘埃，避到路边去，避到野林里去，却不经意做了山鬼最宠爱的婢女，允许她随意游玩，肆意落地开花。

我在西溪的幽静里采了一把，踏着咿呀作响的木板桥把她做成花环，白花瓣碎碎地缀满乌发，好像时光倒流，沐浴了满身的秀丽，而以后想起，仍愿意时光倒流回这一时刻。后来，在山泉的叮咚里，我忍不住又采一把，抱了满怀，要把自己醺醉。

斜坐在水边的岩石上，夕阳正在往远处落，她们新鲜地从石缝荒草里探出头，为了争几滴露水吵闹个不停，我转过头去对着她们笑，她们便也羞涩地对我笑，好似怕我看见她们心底藏得最深的那个秘密：东篱已远，偕谁同隐呢？过了几世，从前的事，她们依然记得清楚，依然记得那个荷锄而归的男子。

我也永远记得，那个杯子是透明的，几朵白菊在水里慢慢旋转，绽开，还原成最青春的状态，如几个纯洁的舞女在羞涩地微笑。心跳得那么快，还是不知道要说什么，盯着杯子看，继续盯着杯子看，把菊也看得羞涩，沉到杯底。然后，把目光转到窗外，转到被灯燃成昏黄的夜色里。陌生的小城，我想躲开那目光，菊要躲我的目光，却都躲不开。手有些抖，一根吸管绕着杯子不停地搅，把菊搅乱，把心也搅得乱了……

只是一些清新，却常常要到我的梦里来。

一场秋雨

南风天又在镜面玻璃上哈了口气，还有些乳臭味，似乎落下的草叶正寂静地在树底下枯萎沤烂。黑暗里，它们有些抑郁，然后，一些好事的风就把这些阴沉潮湿送到各处去。这风有些奇怪，你没有看到树枝颤动草叶飞舞，却能感受到一种弥漫正在暗处涌动。这样想着，心绪也跟随它们飘忽起来。

这个早晨悄悄地下了场雨，说是悄悄，其实又是早有预感的。这时的雨已不像夏时的雨突然来去。昨日傍晚就见到天空多了许多薄厚不均的云，浅灰的、深灰的、浓灰的，都缓缓铺开，一直到天的尽头，一些光从云缝里倏忽射出。然后，天空灰蒙起来，不远处的山头，平地上的高楼都隐匿不见了。雾霾还是多，堵塞在这个从秋入冬的间隙里。天气还异常的暖，原本柔软的毛衣突然生出细小的利刺，在皮肤上扎出各种不适。若是脱开，又有些阴冷钻进来，想往身体的更深处钻。这天气、这世界已有些令人琢磨不透的陌生了。

雨下得轻薄，细密。待我开窗看时，雨已经停了，只见地上浅浅的湿了一层。像是蹑手蹑脚地走过去一个少妇，秀气的长裙摆把地轻轻地拖了一遍，留下一层浅浅的水渍和一些桂花的甜香。淡黄的月桂落在了地上，也是细密的一层，落在草叶蛛网上便像挑着些素雅的簪花。绿意还是繁密，美人蕉叶上落了满满的一层水珠，清亮地缀着，像镶了许多钻石，在光影里优美地旋转着七彩。这些水珠也许被日光取走，也许落到底下几只蜗牛的驼背上，让它们大吃一惊。它们爬得那么慢，快要睡着了吧，几片月季花瓣重重地落下来，也没有察觉。那只小的，最不淘气的，被花被子盖在底下了。等它呆头呆脑地探出头来的时候，它的一个伙伴已经爬到它的背上了。它们伸伸触角，相互取笑一番，继续往别处爬去，银亮的黏液隐藏在湿漉漉的水渍里。

楼道口遇见外出归来的一个邻居，还甩着伞上的水滴，几颗清凉的水滴扑面而来。只晚了一点点，我和这场透明的雨擦肩而过。可她却特意留了气味在空气里，在路边树上标了痕迹引导着我去追寻她。她是我很久以前就认识的一个好朋友，为了一件小事，我们赌着气好久没有说话了，可是心里却常常惦记对方，在犹豫着天冷了要不要提醒她加衣。柜里那块淡蓝的披肩，多么适合她。

如果脚步再轻些，我便觉得自己要浮起来了，也和天边的那些云朵一样散乱到各处去。但心仍不安静，深吸一口平淡日子里的尘埃，内心的欢喜、忧伤，便统统涌出来，四处乱窜开来，像极了这场雨。

清秋

我想，秋是清的。

薄荷味的雨多起来，月在空中变得明朗，云也淡开，流水寂静下来，山林肃整。这时，若一个人在旅途，便会有些清冷的孤独，却又不愿那些烦乱的喧闹来打扰。曾梦想五月的出走，那时，温暖正扬起裙角。那些情绪原是记得牢牢的，尖嘴钳都拧不下来，后来却逐渐淡忘，像伤疤的恢复，缓慢而迟钝，已不再生疼。秋的凉意突然又把这些情绪吹开一条口子，让我在秋虫的鸣叫声里停下脚步，重新练习那些已经生疏的文字，想从脑海里硬扯出一种表达。

天还灰蒙着，对面楼里已有个窗亮开，《武家坡》唱得正熬煎，一个白发的老者不时探出头查看天色。天色没有变化，但看得见没有一丝云影，碧蓝铺开时又将是一个大晴天。再过些时候，西边的天空透出些微微的红光，接着，东边的天空越来越亮了，而太阳还未出来。淌着水的衣物已从一些窗台里晾出来，这个城市的早晨有了烟火味道。

拖着长裙踩着硬冷的泥砖地面，我像是从另一个世界走出来。细细地数了街边的黄叶，却异常想念家乡海边那些柚子林，戴着面具的文旦已经熟出了果香，而这时的树下仍萌发着短短的青草，如婴孩脸上细细的绒毛，在露水里扑闪着纯真的光芒。麻黄树落下厚厚的针叶，在路面铺了柔软的毯子，装满柚子的三轮车不时从身边经过，沉重的车辙在毯子下勾勒出纵横。海风吹得树叶的影子左右摇摆、忽明忽暗，柔软的脚底紧紧贴着这些突兀的纹路走着，心里便慢慢酿起酒。而这些，倏忽间，便像一个梦似的飞远了。

车子经过田野流水，空气清冽起来。河面上氤氲着一层薄薄的水汽，三两只白鹭低低地掠过，停在收割后的稻田。麦垛子有的短俏可爱，有的肥厚臃肿，为空阔的田野添了生趣。这时，若有几个穿花衣的小人提着竹篮子小心地从那些麦茬上跳过，捡几束麦穗，又躲进麦垛子里等着伙伴寻到，该是多么有趣的情景！田埂上果然走来了几个小小的黑点，说笑着穿过一排整齐的柏树，走进一片未收割的稻田，卸下工具劳动起来了。当太阳把雾气晒开，河面便镜子似的亮堂起来，映照出碧蓝的天空。这时，谷子也在乡村的道路上晒开，成片成片的金黄色。

而此时，山林间的云雾正洋洋洒洒地铺开，把淡淡的墨色渲染到树丛竹林。正当你心里在想，这情景已不似在人间时，一些黑旧的老屋、寺庙的红墙在隐隐约约中显现出来了。山坳中的雾越发浓郁，桥下的溪水，水边的杨柳，远处密集的民居，都隐匿了。仔细听，发现几只秋鸟还在清脆地叫着，要把这个清晨叫醒。

那残荷

秋天的西湖，看见那荷，心碎了似的跳着。那本是青翠的绿，经过了一夏的阳光，已经开始憔悴了。

西湖的荷是总躲在堤边湖角的。寻着荷走过了长长的苏堤，走过了西泠桥畔的埋香之所，苏小小轻移莲步，款款走来，唱着："妾乘油壁车，郎跨青骢马，何处结同心，西陵松柏下。"如花容颜至今依旧不老。她只是千年前的钱塘名妓，却唯有她，把沧桑潇洒成了大俗大雅，长久地享受着人们的缅怀，西湖边，多了个苏小小，风景别致了许多。但我坚信，所有的女子都是水做的温柔，轻易便可揉碎，十九岁逝去的红颜继续在别人堆砌的辞藻里享受着悼念，而不管别人怎么想象，无怨无悔的人生，总也有些无可奈何。

什么时候下起了细雨，水面上渐渐升起烟雾，笼成一片墨色，孤山就在对面，隐约地看不见了。湖上的船，堤上的人也隐去了，那荷到了眼前，却绿得更清晰了。微凉的雨水落在叶面上，声声的，声声的滴滴答答催醒了耳朵。同样的九月，在另一处，荷叶也碎了，黛玉说"我最不喜欢李义山的诗，只喜他这一句'留得残荷听雨声'……"

那人的影子，在我的脑海里无数次地出现，飘扬的裙裾，飞舞着古典而单薄的美丽，她的手冰冷，枕着病度过无数个日夜以后，正青春的她不再拥有坚硬的心灵，一切都薄得很清脆，像玻璃。

秋天的午后，荇叶渚又下起了雨，素衣素衫的她立在亭子里看雨，有些冷的雨水在琉璃瓦上溅开。起了白白的雾，夹有淡淡的花香，正当她要去舔舐那股芳香的味道时，有悠然的歌声在池塘的另一头响起，听不清楚歌声的大意，可是听见了幽怨。她也幽怨，却没有唱歌，只想听听雨声，品尝一下季节的味道、人情的冷暖。这个季节里还残存着荷的清香，雨水溅起的雾气打湿了她的长发。她的头发很长很长，比幽怨还长。

“冷了，回吧。”紫鹃在身后喊，她没有听见。她的眼神落在湖里，希望和泪水一起跌落着，她在想自己的心事，每个女子的心事，别人都不会懂。

这年九月，很遥远又仿佛是很熟悉的一个时间里，我在西湖边遇见了她。再回首，已不知自己身在何处。

临近傍晚，在西湖周围找一个僻静处坐下，面对一角残荷，世界变得异常的安静。身后的草木散发着湿漉漉的清香，松鼠大胆地在枝叶间跳动，鱼群在荷叶底下嬉戏，几颗雨珠从柳枝滑落，在残破了的荷叶上溅开。这个时刻适合感悟人生，我却只是坐在湖边，带着点心事，留在了一个不愿流动的境界里。

如果在冬日

今天是冬至日，晨起见到霜降，在太阳底下闪动着刺眼的白光，而枝头稀疏，街上黄叶倒是少了。孩子说，树叶变成树叶鸟飞走了！三岁的世界里已有多么可爱的想象。可是，亲爱的孩子，当你长大了，你才能明白时光也是一只鸟呀！

凌晨，当一切都寂静下来的时候，我却在孩子的咳嗽声里醒着，睁眼打量窗外微黄灯影里的寒冷，又轻轻给孩子掖严实被角。生活过得如此平常，已没有夜读的能量和冲动，想是没有了十几年前的勤奋。而冬日没有冬日该有的景象，也是悲哀。

这样寂静的夜，该是悄悄下场雪的。雪来的时候人还在梦乡，屋外的葡萄架被压倒，巨大声响惊起一阵狗叫。邻居被惊醒后拉开窗帘看，主人却懒懒地在被窝里转个身，有什么关系？等天亮再瞧是什么状况吧！天亮了，只见远处一片白茫茫，平原、高山、寺庙的飞檐都隐匿了，鸟雀在觅食，雪地上留下一串细竹叶似的足迹。往暖炉里加几块红炭，捂在怀里去屋前屋后巡看，笨重的棉鞋把雪踩得吱吱响。这时其实也不冷，再过两天，雪化下来，树林里落着冰水，屋檐挂下冰柱时，手脚就冻麻了。

树叶落着，在某个遥远的山村，竹林树梢，油绿的菜叶上，家禽的窝棚上，篱笆墙上，也都落着刺一样尖长的冷霜，这霜厚得像雪，棱角清楚。太阳才刚出来，田野里穿过的水渠冒着热气往远处去，而篱笆的影子斜长地落在地上，把坚实的道路网成了格子路。两个老人从田野间的小路两头走到交会的地方，一样把手插在口袋里，他们打着招呼停下来，相互交谈了一阵子。水汽从他们的嘴里哈出来，落在围巾上，也凝结成了白霜。跟在他们身后的两条土黄狗，一会儿交头接耳，一会儿嬉戏着窜入菜地。

还是这天下午，波浪似的云朵在层次分明的天空铺开，浅蓝，灰蓝，再远处则是黄灰色的一片雾霾，是模糊不清的现实世界。有时，风变得迅疾，仿佛要尽力将波浪推开，让朗空明日来得更清澈，却又俏皮地在水面上拂起涟漪，把倒映在水面的树丛弄乱，连河岸边的芦苇也蓬乱了花束。

叶子说

叶子在说话。

我又听见了。

一些声音，脆脆的，悄悄的，像煎着蛋卷时那种甜蜜的焦煳味。

早晨已清冷。草地上挂了一层干净的露珠，那些落在方城路上的梧桐叶却蜡黄了脸色，她们的表情和那些树干一样，略显得僵硬。树干又剥落了一层斑驳的外衣，露出混沌的内里。昨夜一场急雨，那些黄的，半黄的，还没有黄的叶积了满地。风拂过去，树影移动起来，叶子翻飞，滚涌，浪潮一般聚成一堆，风推过来，她们又四下散开，像秋天的云一样变幻莫测。

天还不亮，已有行人踩着落叶去往虎山，车辙从那些叶子上平常地蹍过，似乎都没有觉察到这一季节的变换。这次的变换已不像初秋时那么悄然细微，却也不如深秋时纷飞猛烈，树上依然挂着丰厚的叶子。敞着外衣热腾腾地从山上下来的“夕阳红”是最早觉察到这些变化的，他们停在路上，和遇见的熟人点头打招呼，闲聊着天凉了。

天是凉了，直到这时，那些云也才有了一些变化。浅浅的灰，逐渐铺开，但是，还并不冷，只是干燥。

我在树下等车，却怎么都睁不开眼睛，雾蒙蒙里看见黄叶落下来又落下来。有一片叶子窸窣着挣扎了一下身体，想借着风的力量把自己拯救出来，却飘飞得更远，碎得更清脆。原来，她们都这样脆弱。她们还留恋着青春呢，却已经在风雨里生出皱纹，悄然碎开。梧桐叶碎了一地，碎了一个秋天又一个冬天，她们都是美人已经迟暮。也许，是这样的，连思念都支离破碎了，还有什么是可以等的？那些被规定，不被规定的，能逃开，不能逃开的，都扔掉了，只有突然的念想拉扯着自己。

还有，一点点的忧伤，困在梦境里了，出不来。只好挣扎，碎了自己。

阳光从云缝里挤出来了，把几片悬着的树叶变得更黄，一点点闲暇光阴从我的视线里闪过。细微的动静把心里的秋思勾起来，便不舍得放开。

那么，那么，只好说话。树叶和树叶说，阳光和阳光说，阳光和树叶说。

也有些时候，一切都会停下来，仿佛很安静，任由阳光照着，温暖而幸福。

梅词

那日，孤山的梅开得正好，特意跑去看。可是，沿着春的西湖岸一路走，看梅的心情便淡了。又过苏小小墓，停了一会儿，心便不静了，只觉得周围吵。过了放鹤亭，到林先生墓前，一切的吵似乎才隐逸了。

我放慢脚步，极小心，极虔诚地踏上台阶，怕踩走苔痕。

那墓上刚种的青草看上去还不服帖，周围的那几棵梅也让我觉得有点失望，宫粉梅太密，红梅又太艳，只有那绿萼少些俗气，该是陪在先生左右侍墨的，却种得那么远，隔了围墙又隔了青砖。

透过墓前方墙上的石窗，刚好看见一角西湖，波光明镜般漾着，图像里还横了几枝疏朗的白花，恰到好处的瘦，一些清冷，一些温柔。我攀了梅枝一朵朵数着，要把花瓣数多起来，却把心数得纷乱了。鹤已不在，梅又有哪棵是老先生的？又如果等到夏，摘几粒青梅煮酒该是什么滋味？都说赵师雄游罗浮，遇美人“梅下开樽”，那是件多么逍遥的事，可他哪里体会得到相伴青山秀水的乐趣。

祖父曾有个青花梅瓶，待蜡梅开的时候才小心装些清水，剪一两枝梅，放到窗边。祖父常说起她。

她叫礼，小名梅姿，盘发，长裙，策马过长街。她大概是长得不美的，有些男儿姿态，还带枪，不爱说话，也不会笑，春天常常坐在葡萄架下抽烟，眉头皱着。砚里的墨已经凝住有些时候了，她也没有察觉，几粒烟灰慢慢飘着，落到翻开的书页间，她的心事越来越远，越来越迷茫……那清冷，那孤独，想想都美得让人心疼。

只是，她后来不再种梅了，坟上长了株桃花。什么事是她后悔的？无法勇敢面对的那个黄昏，一群飞鸟掠过，都是黑色的，神秘得仿佛是故事，她的目光因此也变得虚幻如夜。她的书和人一样，再无尘外人能读懂。

黄昏的时候，湖上升起了水雾，淡淡的，背对着公园，背对着人群坐着，一种寂寞便很真切地来了，仿佛时间过去多年，转眼已是从春到冬。偶尔扭头去看看那些梅，意境便又不同了，白日里的喧哗也收敛了许多。于是想，我是来看梅还是看孤山的呢？沈襄作《梅谱》，把梅分了老、雅、繁、疏、官、园、盆、沼、山、溪、野、篱十二种，我只分了两种，一种寂寞，一种动人。

第三辑

暖冬

立冬那晚落了雨，但过后，天气还是暖的。

这天气在各处显示出怪异，又说这年有两个九月，也是两头春，办喜事的人都把好日子挑在了今年。在办公室里坐着，四周时不时响起各种炮仗声，依旧有雾霾的夜空，也还有绚丽的烟火绽开。周末回家，从枕头下意外理出个红包。父亲不知道哪里听来的消息，说这个闰九月要给子女发个红包，意寓平安吉祥。表弟的女儿也生在闰九月，皱巴巴的小脸还没有舒展开，饿了、困了时的表情却格外生动。

去妇保院探望时，看见楼下一棵木兰树正一簇簇往下落着白花瓣，这原是开在春天的花，不知道什么时候又在九月悄然凝结了一片春心。正疑惑着，一只黑猫从树下飞快地窜过，惊起几只小雀往空中掠去，同时也惊动了几片尖细的草叶。草叶还在颤着，黑猫钻进冬青树丛里不见了。那里的小天地被骚扰，虫鸣瞬间安静下来。不知道是不是刚才惊飞的那几只小雀，过一会儿又落回来停在水泥路面上，闲适地散步着，并不惊惧人声和脚步。灰暗即将进入夜幕的天空，仍有些彷徨。几丝云朵点缀着，却透出一种奇怪的浅蓝。这时，树叶都在发酵，往更深、更成熟的年岁走去。若在别处，红树林倒映在溪水里，阳光照着便能炫出七彩。叶子上虫噬的痕迹如年轻时犯过的一个小错误，都隐藏进那些浓郁的如酵回忆，和时光一起往年轮深处走，走不动了，便停歇下来喘口气。喘口气的间歇，不知不觉便老了。

那只猫钻进冬青树丛再也不出来。边上的湖也静悄悄的，不露一点声色。我轻轻踩着青草地走进去，内心突然生出一种寒意。有人割了河边蔓生的野蔷薇，开垦出一小垄土地，提前种下的蚕豆苗已经长到20厘米，也许这个暖冬便能开花结果了。而割断的野蔷薇还未干枯，有几枝落在水里泡着，还显示出生命痕迹。接下来的时光，它们怎样痛苦度过？是渐渐枯萎腐烂，还是在水里生长出新的根系？我希望，它们比我了解的更坚强。

出生才几十个小时的孩子，眼珠子溜溜转着，懂人话似的东张西望。抱起来拍奶嗝的时候，热乎乎的小身子柔软地贴着我的肩膀，淡淡的奶香味。刚满足了做姐姐的快乐的女儿，因我抱着小妹妹的动作极为不安，生怕这初生的小生命分享了她的母爱。她挤到我身边，拉拉我的衣服示意我把小宝宝放下。我刚蹲下来，她便扑上来讨好地搂搂脖子、贴贴脸，软软的脸蛋也热乎乎的暖。

亲爱的

一个冬日下午，阳光穿过杏色的纱帘陆续到达温暖的地板，在绿色的植物上闪耀出斑斓的暧昧，是亲切的。我突然遥想起某一个熟悉的时光某一些人或者场景，也是那般的亲切，像是在梦里，或者在写过的某个故事中，可记忆已经不真切了。

还是那个美丽的女子，镜子上的雾气已经擦去。我看见了，亲爱的你在旧旧的古红色地板上来回走动，拖鞋软软的。你把阳光从窗帘后面拉进来，让她们坐到你想要她们待的地方，然后顽皮一笑。你捡起凌乱丢在地板上要洗的衣物，装到篮子里，然后坐在阳光照得到的地方往刚刚洗过的手指上涂指甲油，在地上翻开与文学无关的时尚杂志，等待指甲油的凝固。你梳了一根粗亮的麻花辫，泡了一杯清新的菊花茶，哼几句轻快的小调，春天就蹑手蹑脚地走进来了。

可是，亲爱的，你还欠我一个春天。你记得吗？在我翻书的时候，走路的时候，站在窗口的时候，那些念想就很自然地流淌出来了。

亲爱的是一个美丽的姐姐，声音悦耳。她的笑容总有种让人安静的力量，她说：我想有一处院落，种满蔷薇。我说我也想要。她便说：那我住三楼，一楼太潮，二楼给你住吧。于是心里暖暖的。还未到春天，我便想起她。但总是看见繁花锦簇，才惊觉江南的春天是如此短暂，她们在我的苦守里悄然地稍纵即逝。可是，我知道，亲爱的，必定也在心里享受着被人想念的幸福。

亲爱的是一个亲密的伙伴，热闹时疯癫，安静时也会仰头凝视你的目光，然后会心一笑。我们在西湖边听雨，在西溪听鸟鸣，用金银花做了花环把春天戴在头上。我们在柳树下一起抬头，那些枝条便成了我们的长发，亲切地轻轻飘摇。而那一片柳叶在空中旋转了好久都没落下，必定凝结了无数心事。

亲爱的是一个形影不离的念想。

那日走到橘子洲，一切才都渐渐从容起来。青草切割后散发出强烈味道，橘子正在开花，白色花蕾缀满枝头，有隐约的香气飘过。清洁工放在路边上的水杯里泡着枸杞和茶，还是温热的，她们躲在树荫下聊天，也茫然地望几眼江水，仿佛这天的太阳太过于强烈。其实，这温度，这阳光，现在想来，是那么恰到好处。没有熙熙攘攘的游客，或者，嘈杂声已被这周围的草木吸走。甚至洒水车浇灌花草时，弱弱地影照出彩虹，也是自然美丽的。

我们随处寻个树荫坐下，让清爽的风把全身吹得冰凉，然后，握在一起的双手就有了温度。正午的这个时候，似乎自然得有些懒散。离我们不远的地方走动着一对年老的夫妇，老头走在前面，不时回头看看，慢下脚步等等老伴，应该是这样的，几十年了，他们没有过多亲热的举止，但是总有一个会慢下节奏让他俩变得更适合。

亲爱的是无数个心灵纤巧的女子，在春天里变得更加伶俐。

亲爱的，你还欠我一个春天。我记得。

我把我见到、听到的都记在心里，写在年轮里，等你们想我了就来看看，走走停停总是会把目的地拉得更长远。

相见欢

我想他很久了，那种树。

第一次注意到是在嘉善去西塘的路上，坐在闷热的车里，周围挤了满满当当的方言，在他们大声的交谈里，有意无意听到些人情味，但心依旧是孤寂的。一个小姑娘从半路上来，一直靠在窗边，穿着白色短裤，绿色长袖，却提了不和谐的背包，表情稚气而骄傲。从她飘散的长发望向窗外，一路都是那种会跳舞的树，叶子薄而绿，在风中飞舞，像蝴蝶，也像精灵。当时想，这叶子若能当哨子，其声必定也能婉转，它多么适合初夏。后来才知道那是杨树，再普通不过的树。但常常在路边见到，便想起那日的心情，想起我在一个新的情境里要去一个梦想的地方，周围都是陌生人。

《相见欢》，却咏离别愁。

张爱玲也写《相见欢》，说的却是俗世里两个迟暮美人的落寞和迁就，可自己偏不知趣，要自投罗网。看了胡兰成的一些字，我也觉得好，有人唾我，却还是执迷：我只见他些文字，觉得好，有什么错？错在他懂她。

翻来覆去地做梦，梦里，我总是看着他，熟悉而陌生，也许他有一种寂寞是隐藏得很深的。

有一个午后抱着衣服睡醒，有点冷，起来后发现下了雨，已过这年的寒露。安静的院落里，思绪渐渐沉淀下来。这浮生里，什么是后悔的？硬着心肠对自己说不，却在心里结了一粒核。说“有待来生”总是骗人的，或者自欺，因为不知道这是谁的今生今世。修炼大概就是要到这个境界，可以浓烈，可以失落，可以淡到不见。有时相对无语，心却跳得无限快，有时只是清澈地想，回味，暖在心里。

偶然翻到在乌镇的照片，六年，木格子窗棂间的光影依旧斑驳，但那年的白衣印象却不经久，岁月泛黄之后摇落些灰尘。我看见镜中的自己已在提防岁月流逝，却躲不过晨暮更迭。

下雨天，其中一个

好像一直是下雨天，这样想着，有心没心地磨着墨，泼出一些深深浅浅的忧伤。

小女人的电话，说无聊的事，唾了她一句，她说从此绝交了，过一会儿又打来。她已做好准备，要抛家弃子去私奔，过独立的生活，决心大得谁也不要劝了的样子，突然又转弯，还是不可以，孩子这么可爱。那是一个诗歌里的愿望，而她，只是某个人睡梦里的一滴眼泪，她有多傻，非要做那一粒尘埃。我捕捉那些光影，红的、黄的、蓝的、绿的，太绚丽，和她的苍白构成了对比，看着她，却仿佛看见那个糟糕的自己，慢慢变轻，变成蝴蝶飞走……

我乱想着，不认真地听唠叨，随手扯去盆里的几片黄叶，如扯去几根白发，有什么哽在胸口，突然地心惊肉跳。还有什么？如沉闷时化掉的一块巧克力，于是，满口的苦，吐不出来。这些日子，心困顿成了一把锁，我不知道这些忧郁是从哪里冒出来的，它们逼近我的时候我没有丝毫的知觉，当我用手掠去自己眼角多余的头发时，它们就乘虚而入了，它们像细细的棉线，缠绕着，纠结着，再也解不开……

裹了一身的湿气去爬山，走不了几步便停下来喘气。细雨里，仍有一些无事做的人在那下棋，打太极，还有那几个愤世嫉俗的老者，躲在凉亭里说书、说时政，手臂挥舞，激情飞扬。

我像鬼魂一样飘过去，不发出声响，当自己不存在。不存在的是哪个自己？

一个故事想了很久还是理不清，不知道从哪里开始，也好像那个人只生了半张脸，其余的都还在雾里，只好继续歇着。

梧桐叶落到脚上，过马路时想到《魂断蓝桥》，想起玛拉走在滑铁卢桥上最后的眼神。没有缘由，只是简单地想到。

左是火，右是水。因为，在右眼，我看见有一丝忧郁，是隐藏的，偶尔要跳动。情结大概来自这里。像有时候要说起妖精和草木的区别，一个爱微笑，一个假装冷漠。我有时在左，有时在右，反反复复，这就是矛盾。幸福并没有定义，我回答不出变化，做的事若没有对错，便只有愿意与不愿意，觉得快乐，不孤独便好，在左，或在右，有时幸福，有时空落，有时不知所措。另一边，则是痛的，需要自己收纳，隐忍，向现实投降，默默低下头，微笑。

再过些日子，桃花就要开了。花瓣那么薄，想象的空间那么大。有什么错？只是等花开，却梦见自己开出浑身的伤。

等着，便有些慢，有些迷离。

纷乱

这里是闹市。车水马龙。

有一天下午的四点多，窗外的云朵像鱼鳞，五点多，月亮就出来了。一些色彩跳跃着，进入我的视线，白的，灰的，黄的，世俗的，淡泊的，细弱的，浓郁的，各种各样，她们时而活泼，时而沉静，时而妩媚，时而如孩童嬉闹，时而如春水收敛。这样，我突然就想起在格子簿上写字的感觉了，但这，离我有些远。我常常托着脸，发一下呆又发一下呆，任凭时间从指缝跃过，不知去向。这一季或者迅速，或者漫长得黏糊糊，但确实，一眨眼，天凉了。这凉意是从针织衫钻进去的，一针一眼，认真得很。键盘在指尖也能敲出这种凉意，心还在远古，时间却在身后，倏忽而去。

手臂拥在胸前，有些虚假的暖。我愿意自己是秋天，这样，冷就在冷里，或者，庸俗就在庸俗里。一往情深的说法，在这里有些柔弱的愁烦，那些日夜总是欲言又止，却已不用叹息。书还翻在床头，偶尔读几句，没有欲念便好得很。幸福有时候很简单，只是小小的记挂，便很满足，也许生个女儿，还怀揣着几根牵扯不断的情丝。她那么小就会笑，眼睛像新月，迷离里显得清澈。许多年前，我就偷偷地想过，要生个女儿，春天一样美好，用爱把她宠大。现在，她就在眼前，我却又有些害怕看见自己，看见另一个自己浮现出来。

文字还在变形，变幻出各种样子，她们有时在心上，有时在眼里。树叶纷飞，车子开过去，开过来，拖着些白烟，一辆车里，两个戴墨镜的人在说笑，有了道具的脸有些僵硬；那几个闲人在公园门口说家常，两个年轻人拉住一个白发的老婆婆在推销，他们要把她带进那个保健品商店，便满脸堆出可疑的笑；饭店里的油烟还是冲到那个晒着衣服的阳台，阳台里有个人影；一个中年人牵着一条狗走过去，狗要往树丛里钻，扯着链子，好像狗在牵着人。俗世的烟火弥散在人间，如此日常，如此平凡。

纷乱是一阵冷风吹起一起灰尘，它们在心底里叫嚣，这个俗世，这个俗世。只是还不甘心，所以，又拿起笔，把纷乱的迹象抹开，要在闹市里寻些清净。

味道

无聊的时候数了一下，那堆化妆品里，光沐浴用的就有七瓶，正好可以用一周。有水果、薄荷、杏仁，各种味道，用的时候从不考虑功效，只选择味道。

女人总应是香的，我生活中没有用香水的习惯，别人送的几瓶不论贵贱都用作空气清新剂，连化妆品也要先闻味道，首选无色无味。《闻香识女人》中那个斯莱德中校能凭对方的香水味道识别身高、发色，乃至眼睛的颜色，让我觉得胆战心惊。这现实太混浊，最清新的香也会沉没，更怕遇见一个像斯莱德这样的人，一不小心会暴露了自己。

我是有些洁癖的，最无法忍受身上有怪味，去了公共场所后，不管多累，回家第一件事便是开水龙头，衣服也马上洗。有时路上擦肩而过一些女人，她们身上腻腻的油烟味总会引起我一阵恐慌，想从此少入厨房，怕这些人间的烟火味在身上留下痕迹，更怕洗不干净的味道把自己吞噬掉，可是偏改不掉这毛病，总想把各色食物在盘子里堆出漂亮的形状。每次闻到油烟味便又暗暗后悔，拼命要洗干净。

祖父母在时喜欢在屋里燃香，几个古典的小香炉，几根线香或是几片檀香，让我感受到与世俗的距离，但自己却未养成这样的习惯。后来失眠，家里才不停地燃着薰衣草精油，在这样自然的味道里，睡眠质量不曾改善，却总不小心让自己落入一些感伤的轨迹。

而沐浴用的，却一直在尝试各种味道，觉得那香是给自己闻的，是有些私密的。又好像穿衣服，也看心情，开心的时候随手拿了水果味，忧愁的时候选草香，牛奶有助入睡，薄荷则提神，让泡沫裹住自己的时候好像离开现实远了些。这些香是容易让水冲掉的，只在身体上做短暂的停留，于是分外喜欢那散发着水汽的瞬间，好像做着梦，可以把活生生的自己也洗得不见踪迹。

逃跑的睡眠

也许是薰衣草精油起了效果，逃跑很长一段时间以后，这几日，睡眠又回来了。早晨醒来，那个柔软的我一定要抱着睡的大枕头也丢在了地上，眼睛还有些睁不开，可是闹钟一直在催着我。也不知道是怎么了，这段时间一直保持着似睡非睡的状态，偶尔做梦，又会整夜地都在梦里，梦见白日里见过或者没有见过的人，一些奇怪的地方，一些奇怪的事情，梦得吃力，睡得也很吃力。

有几个夜晚，它干脆逃得无影无踪了。

我在书柜里找了本觉得可以催眠的书，把灯光调暗，早早地上床，开始等它，我想，这个离家出走的孩子在外面调皮累了一定会乖乖回来吧。十二点了，平日里一个也读不进脑子的文字却纷纷生动起来，清醒的意识还会不断地让一些突然而至的事和人打断，毫无睡意。我开始着急，再睡不着，又将是一个昏昏沉沉的白日。快一点了，我关了灯，强迫自己停止胡思乱想开始数数，还是睡不着，便有些烦躁起来，不停地看夜色，看时间，两点，两点半，三点……

以前觉得自己还年轻、还精力旺盛的时候，可以整夜不睡，伏在桌子上创建自己的心灵世界，许多文字都是这样来的，那时觉得失眠也不是一件可怕的事，把自己溶在夜里，还会清晰地闻见一些春天的花香。可现在，我只想睡觉。

天快要亮了，第二天还要准时上班，我不愿起床，也不愿看书写字，只想睡去，于是抱了枕头被子去了沙发，那里，我常常会睡得很好，现在却也失去了作用。意识变得敏锐，所有不该听到的细小的声音都变得尖锐起来，甚至还听见了植物在簌簌生长。这些声音都在骚扰我，让我觉得浑身不舒服，头也开始痛。我又醒透了，可是夜只剩下黑，有什么好留恋？甚至，我想敲开这个脑壳看还有什么是不能平息的。

还有不眠的因子在这暗夜里游动，窗帘未拉紧，透进许多光，以为是月圆，却只见城市的空荡和昏昧，叹息，深深地叹息。

可能累了，天渐渐亮时，我开始有些昏昏沉沉，迷迷糊糊里觉得自己要睡去了，偏偏这时，闹钟又响了……

有求必应

据说，我是家人求了送子观音后生下来的。于是，母亲每年都要去庙里，也和我说过，见到送子观音是要拜谢的。但父亲说，佛在心中，不求形式。我不烧香，进了佛堂却会觉得虔诚，心生感恩。仿佛我真是她们送到人间来的，于是总觉得欠着什么。

许多人相信神明是有求必应的，于是不管善恶，皆露出贪婪的表情，祈求名利，取之不尽的财富和远大的前程，而健康和平安，也许是在体会了人生疾苦后才想到的补偿。在普陀，遇见一位老人，头发很白了，一脸的平和，旁边的老伴走路不方便，他扶着她，一步步缓缓地走着，在佛前艰难地跪下，祈求子孙平安。我心里莫名生出许多的感动，我想，佛也看见了，对于这样的愿望，佛是慷慨的。那一次，在他们旁边，我祈求祖父健康。

在古时，那些小姐、妇人深囚闺阁，烧香便是一次美丽的出游，也如一个放生的借口，求的大多是姻缘。崔莺莺在花园烧香祈愿："此一炷香，愿化去先人，早生天界；此一炷香，愿堂中老母，身安无事；此一炷香……"那话没说出口，却被红娘道破："愿俺姐姐早寻一个姐夫。"《水浒传》中，女子上香是没有好事的，林冲的娘子遇上高衙内，潘巧云上香，偏又出来个如海和尚……

迷信的人看佛神通广大，"求富贵得富贵，求长寿得长寿"，殊不知，神明也有漠然的时候。

有求必应是一碗迷魂汤，一些贪一些痴。若是“往日良朋密友，有求必应”，那才是真的有求必应。

要做到，随遇而安，不可强求。要学习，给予、信任、包容。

微凉

有一天，我梦见祖父，他告诉我要珍惜。具体是指什么，我已经不记得了，只这两个字，醒来后还回味了很久，大概是走路要走到终点的意思。

小时候常跟着祖父祖母去看戏，戏台前热闹喧哗，我常常分了神，去注意那些五彩缤纷的小玩具，眼馋香味四溢的小吃，敲得震天响的锣鼓声也能忽略。但是，我喜欢听他们讲戏里的故事。祖父不但知道所有戏剧的情节，还能讲出许多关于那个戏剧的事。有一次，祖父在看戏的时候突然说起了我的外公，他说外公小时候是个很俊的小少爷，被他的地主祖母带着到戏园子看戏，穿着小西装，脸很白，很小声地说话。外公没有送过我裙子，没有带我逛过商店，也没有带我去看过戏，一年也见不到几次，所以，对于这个老人，我一直是陌生的。当我逐渐有了关于他的记忆后，他的头发已经很白了，他拎了一桶田蟹去我的大姨家，那是他妻子和前夫的女儿，阳光落到他灰白的头发上，脸红红的。多年来，他的脸一直很白，每天去河边钓鱼，放蟹笼，喜欢喝酒，不大说话。看到我坐在大姨家的桌前吃饭，他只是说："素的囡也在啊！"

冬至那天，外公去世了。听到消息后，我停顿了好久才在记忆里搜出这个人，本来应该悲痛的，可是，眼泪却怎么也流不下来。很多老人都活不过冬至，这像是一个咒语，被家乡的一些人挂在嘴上。一直到葬礼结束，我也没有在自己和别人的脸上发现一种叫悲痛的东西。这天，许多人还围在一起讲着外公临死时的样子以及他说过的话。冬至前一天，他们就以为他要死了，于是都去看他，可他表现出来的样子，让大家相信他是会活过个这冬天的。一个表哥问外公，你知道我是谁吗？外公说知道。过了一会儿，外公却又问："你是谁的儿子？"接下来，他就不停地说话，说他梦见了我外婆，另外提到的人也都是去世了的陌生的人。大家心里就有数了，这个老头活不了了。果然，第二天他就撒手走了，平淡地到世上走一遭，又回去了。

梦见死去的人总有些可怕。在祖母去世后的一个早上，祖父也用一种奇怪的表情告诉我，他梦见了祖母，两个人带着我去一座山上看戏，后来下雨了，三个人一起躲在一座小庙里，庙里有许多泥菩萨。雨一直下啊下，不知道什么时候会停，但很快天黑了，庙里的那些泥菩萨突然变成了张牙舞爪的鬼怪……

祖父说话时，我看见他轻轻拭去额上的冷汗，十多岁的我也莫名地害怕，不是因为那些梦里出现的鬼怪，而是害怕这个梦的出现，这样的梦是不吉利的，有些老人做了奇怪的梦后就活不久了。但后来，祖父一直平安，做了这个梦十几年后去世，我的心这才悄悄放开，但我依然记得他说过的这个梦。

祖父离开后，我的生命里一直少一份温暖。

生命的灰

那是一个八十五岁的老人，她是我的邻居。

最后一次遇见她，是在她去世的前一天傍晚。我拿着个酱油瓶子从她家门口经过，她那时正坐在家门口乘凉，手里摇着一个苍老的大蒲扇。晚饭花刚刚盛开，紫红色的花朵腾涌着滚滚的茂盛香气，使一种浸透了甜美的情感在这温和的夜色里缓缓地漂浮。她就坐在那丛晚饭花里，像是坐在一团灿烂的云朵上，安详而宁静，有种说不出的奇妙表情。

太阳已经没入村庄后面的山林，几条微微的光线，像火带子一般划过整个村庄，给房屋和树林涂上一片灿灿的金黄，随后便迅速地消失了，月亮的光晕马上把世界溶成了另一个样子。它朦胧的月影爬过村子和锯齿状的山峰，在微微暗的天色里，拘束得只显现一个银白的光圈。从她满头银丝上反射出来的光线正巧落在我的眼角上方，她说："囡去打酱油啊？"我点点头飞快地跑了。

当我把手上乌黑的酱油瓶子递给杂货店的老板时，我发现，一夜之间，他的脸变得和那只瓶子一样黑了，都是陈年的腐朽颜色。黑暗拥挤的小店铺里，只有他银亮的白发，闪着熠熠的光。他把那个乌黑油腻的酱油瓶子递还给我的时候，低着头不停地咳嗽，干渴的声音，像插在柜台上的那串冰糖葫芦，鲜红得刺眼。

一朵白云附在了月亮上，斑驳的云影，透亮透亮的美丽，黑暗的屋子，也变得灰白起来。我坐在门外的台阶上，坐在天空下，坐在无遮拦的诗意下，掌心紧紧握着酱油醇厚的余味。四周悄悄淡淡散发开的，是一丛紫红的晚饭花，阵阵香味穿过浓郁的树浆味道到达鼻翼。对面是繁密的绿树，树后隐隐地呈出山梁和起伏的屋脊。人们都静静地睡了，村庄的密林里只露出几点星子似的萤火，一闪一闪的红光。这是个温柔而平和的夜。

深夜突然响起一阵嘹亮的哭声，悲痛欲绝，不用猜想，我便知道有人离开了。在遥远的眺望里，我的目光邂逅了一张古老的脸，枯木逢春般地笑着。那人是谁？那人是谁却一直也想不起来。我握了握掌心里酱油醇厚的余味，沉沉睡去。

清早，哭声还在持续着，但已经有些嘶哑了。屋旁一棵葱绿的果树正在滴水，很美妙的声音，落在草叶和石头上，模糊了刚做过的梦。天亮了，短短的工夫，白得刺眼的天空就从雾气和云朵里透了出来。

再次走过那位年老的邻居的家门口时，她已经穿着寿衣躺在一块门板上了，大红色描龙绣凤的绸缎棉被，紧紧地包裹了全身，旁边还燃了一盏长明灯，火苗在跳动，好像有呼吸在吹着它。烧不完的纸钱，成了灰烬便到处地飞，她的儿女们都披了厚厚的麻布衣裳，跪在她的面前，很认真地哭着。那房门因为卸去了门板而显得空洞，像张着的黑色大嘴，要吞噬什么。

哭声过去后，死者被装到一只漆着紫红漆的大棺材里。棺材就横在她家门口的那条土路上，下面垫着三张结实的长凳，又在上面压了一蓬枯草。棺材的两头都漆了一个巨大的“寿”字，显得无比沉重。她那已经装好了门板的小屋里已经没有了哭泣声，我重重地吸了吸鼻子，发现酸酸的。

空气中弥漫着一股奇怪的味道，许多飞虫聚集到了地上。

天气是这样的闷热，在一棵大樟树的荫下有几条狗伸开腿卧着，筋疲力尽似的垂着耳朵，远处的某户人家传来“嚓嚓嚓”的磨刀声，远远的另一个什么地方，有人在讲话，声音很低，好像也是浸透了闷热。我看到她家门口那丛晚饭花又爆开了许多紫色小球状的花蕾，花还是照样开，很鲜艳。

也是在那天夜里，杂货店老板咳出了一大摊黑血。

后来再去打酱油的时候，杂货店的老板变成了他的儿子。杂货店还是阴暗，却更加杂乱了。新的杂货店老板穿着一件花花绿绿的衬衫，斜倚在柜台前，和一群同样穿着花衬衫的年轻人打牌，头发油亮。而杂货店的门上，贴着两条苍白的挽联，苍白得像是我的脸。

一件嫁衣

一件嫁衣钉在博物馆的墙上。

许多人在墙下停住脚步抬头仰望，这是谁的衣裳？那么多繁复厚重的绣片，一针一线寄托了多么美好的人生期望，可是，静悄悄的年岁里，她还是蒙了些让人遐想的灰尘。

你是谁？

一个梦里，你无数次地出现，只是一个深深的影子，黑的衣服，飘飘的裙裾，看不清面容，也看不见你的美丽和岁月痕迹，你是空的，古典画里一样的猜测。很真切的却是你的脚步，你在行走，在暗黑的阁楼，在过风的回廊，往不知的方向走去，几枝木兰的枝叶也随风一起颤动，却始终注视着你背影的方向。

这个夜里又下起了雨。晶莹的水珠从黑灰色的屋檐落下来，温柔地滑过清新的空气坠到地上，节奏和你的呼吸一样长短。你曾注视着那滴水的檐过了童年，一直长到十八岁，长到了要离家的年纪。家具上紫红的漆是深厚的，有你手指的痕迹，小时候有人给你看了手相，说你注定了一生波折，你在心里反复判断那话是否可信。而嫁衣，是一针针绣出来的，母亲嫂子们教你做女红，绣了许多年，一些被针扎出的血滴也被绣成了花朵羽毛，幼稚却依然美丽。

终于要绣嫁衣了。母亲把未来描绘了一遍，你听得心里恍惚，嫁作人妻，原来有那么多的规矩要学，未来的夫婿是什么模样的？那些涂了厚重漆料的家具都是未来生活的一部分，你的手指从上面拂过时，一群飞鸟同时掠过你的眼睛，都是黑色的，习俗里的一些传说将这群黑色虚幻得神秘了，仿佛是故事，你的目光因此也变得虚幻如夜。不管怎样，长到十八岁的女儿将不再属于这个家了，做母亲的都要硬起心肠，你也将和所有的女儿一样，擦去母亲眼角的清澈眼泪，穿着这件厚重的嫁衣走出家门，走进一个盛装的轿子，在喧闹里走向未知的将来……

这件嫁衣真红啊，古典的中国的红，像血正凝固。你小心地将它捧起，仿佛捧起一个梦幻。

林花谢了春红

祖母很喜欢的海棠开出了粉嫩的红花，而祖母，这时应该已经做了温润的土。

祖母去世那年，我印象很深刻的是，她已经很久都不说话了。

姑母从遥远的地方回来，劝哄着祖母坐到柚子树下，祖母的头发长过了肩膀，姑母挑了一个很晴朗的天气给她剪头发。祖母的头发很黑、很明亮，阳光透过斑驳的树影落到人的身上，有种想抚摸的欲望，甜甜的温情，但闪耀到崭新的剪子上却虚幻出了锋利的凶恶，惊吓了祖母。她慌乱地拍落姑母手上的剪子，坚硬的指甲吱吱作响地划过她女儿的手臂，血丝一点点地渗了出来。

祖母抬起惶恐的眼，望着姑母那已蔓延了岁月痕迹的脸。看着女儿露出的痛苦，她的表情慢慢地缓和了下来，像个做错事的孩子。姑母什么都没有说，默默地。祖母重新变得温顺，对女儿的伤害，使她觉察了些什么。祖母的意识也许并非完全凌乱，尽管这么多年来，痴呆已将她变得迟钝，可她的干净整洁还是一目了然的，也没有人嫌弃她，都只当她在七十多岁时又做回了孩子。

我们也许都还不能真正懂得母女的含义，可是，当祖母有些迟疑地端坐在饭桌前，坚定而清晰地叫出姑母的名字时，所有人都因为惊奇而目瞪口呆，激动得说不出话来。大家相视而笑，姑母也一下子高兴了许多。

可祖母的病并没有因为那一轻声的呼唤而康复，很快便去世了。

在清明后一个柚花飘香的夜晚，我们在祖母的床前等待着死亡逐渐临近。谁也不敢出声，于是，祖母慢慢艰难起来的呼吸声便显得特别夸张。孩子们也都被叫醒了，在床前安安静静地跪了一地，直到那呼吸突然和夜断裂开……

一阵尴尬的沉寂之后，号啕的哭声在房子里拥挤地扩散开来，声嘶力竭的嘈杂。我分辨不清自己幼小年纪对祖母的感情，也被那可怕的哭声带进了一个伤感的境地，泪流得眼都干涩了。

她的躯体很快就被埋葬了。沉重的棺木抬过每一个人的心坎，将天上的乌云也聚拢了起来。那天，真的是有些冷的。姑母因为哀痛哭倒在路上，扶起来，已经晕眩了……

祖母睡在了离家不远的一个半山上，每天对着最早升起的太阳，很温暖。平时想起她的人逐渐少了，偶尔的，有人会说起一些从前的故事，有些故事不是祖母的，却有祖母在，我也常常想起来小时候是常和祖母睡在一处的。

空眼

我一直都在期待一种色彩，像那油菜花灿烂的金黄突然在我心中荡漾。而那张稚嫩的脸上，却嵌着一双乌黑的眼睛，黑极了，黑得看不见那油菜花的灿烂和这个春天的明媚。

江南的春天，总有雨水突然而至。昨夜，我又被雷声惊醒，张开惊恐的眼睛，想要拥抱什么，却只有微冷空气，漆黑的夜色和雨水泛滥……

我憎恨那掠夺走他光明的一切，只是因为，我一样在黑夜里感受到无助和惊恐。我只是被无灯的雨夜包围，而那孩子，他是永远被黑暗包裹住了。冰冷的手指抚摸同样冰冷的泪水，有轻声的呼唤从心里升起，仿佛是歌声又仿佛是哭泣，我听出那声音是饱含了某种指望的，可我的应答无法到达。我是多么想要那孩子知道，我在牵挂，我想帮他。

街道两旁的樟树在春天的这个早晨落了许多的叶子，也许是因为春天有些大的风，也许是为了昨夜的雷雨……惊蛰过去了，很快就会到清明节，纷纷开始种树的人们都没有想到需要呵护的那些树，他们只是不停地种树，觉得种树只是为了尽到一种责任和义务，却没有看见那些树在街旁落满了灰尘，在雷雨之后颤抖，更没有看见它们在台风之后东倒西歪被损伤得很残破的身体，就像那一个孩子，在每个风雨的黑夜和阳光明媚的白昼都睁着空洞的眼，只能凭借听觉去成长自己的未来。

而我又一直知道，每一棵树都是坚强的孩子，每一个孩子也都是坚强的树，只要根还长在自己的身上，他们便会活着，不愿意倒下。我想知道关于那个孩子的一切，很想。我紧盯着电视荧幕上闪过的他的脸。他还只是个孩子，只有不成熟的孩子的脸，圆圆的。他也偶尔会腼腆地笑，不知道为什么而笑，但那笑容很甜蜜，仿佛没有残缺，没有伤痛。

我于是很想，很想让这样的笑容陪伴那孩子一生一世，哪怕这看不见的人生真的有些痛。

365 天

我有时会停下来发发呆，想一些人，想一些事，想几句诗，然后，又忘记。而这些，似乎也奢侈。365 天，消耗了许多，连最后想的两句诗也都忘了！日子流水一样过着，匆忙，没有风景。有一天，突然发现，康乃馨憔悴了依然美丽，她不枯萎，不凋谢，只是收缩到瘦。

而她，像春天的绿，正活泼地绽开，逐渐舒展、丰满，每日纯真地嬉闹着，不知道忧愁。我喜欢看她目光清澈，喜欢听她笑声朗朗，是我梦想中月光一样美好的女儿。取名“乘月”，也是因为喜欢那句“乘月采芙蓉，夜夜得莲子”。

这 365 天过得漫长而疲惫，所经历的辛苦已无法计较，也会像我不经意时想到过的那些诗句一样，随着时光散漫地飞远……

365 天，体重 22 斤，身高 79 厘米，平安，健康，这些，都很好！

365 天，会摇晃着走上六七步，一两个字的话已会说十来个！会把两只手放到身后藏东西，说没有了！

365 天，会捧着杯子喝水，会自己拿着东西吃，却总把碗扔到地上！

365 天，喜欢翻书，虽然撕过三本书，但是看书的样子一直很认真！

365 天，听着音乐会拍手笑，会手舞足蹈，像只小笨熊！

365 天，拿着画笔不往白纸上涂，玩得全身色彩斑斓！

365 天，会开电动玩具，开录音机，会用手滑屏开手机，这些，看过就会！

365 天，喜欢对着镜子皱鼻子，做鬼脸！

365天，睡觉总不老实，夜里不肯睡小床，不肯用睡袋，还要满床打滚！

365天，喜欢走楼梯爬台阶，在小石子上乱踩！

365天，她有好多好多漂亮的小裙子，比她妈妈的还多！

365天，看到妈妈就想黏着，抱着……

365天，她每天变化着，来不及记录，我也常常想到，当我老的时候，她又会长成我青春时的模样。

第四辑

柚花飘下来

一次温故知新的翻阅中，我打开一本蒙了厚厚尘土的书，一张雪白的纸片像一片初秋的叶子般，轻轻地，轻轻地飘到了我的脚下，我俯下身去，拾起它，上面是首诗：

吊戴礼

卓笔京华注六经，御炉香染石榴裙。
撩情鹦鹉知人意，风动帘钩唤翰林。
梅枝历落破香梦，黄卷青灯送旧情。
策马长街人影远，至今犹听坠簪声。

赵雪风

一九八一年新春

1981 年新春的时候，我还没出生，我无从知悉戴礼为何人，更无从得知悼念者是什么人，那张薄薄的纸片上坚硬的笔锋却像针一样扎进我的眼睛，一阵遥远的马蹄声穿透厚重的历史陈迹向我扑来，眩晕的困惑中，有种沉沉的痛。

我不动声色地将纸片夹回到书中，放到架上，像是做错了事情一样面红心跳。那本书是《玉环文史资料》，里面有一篇《戴礼女史事略》。

我在后来的无数次翻阅中，将一种辽阔的寂寞感强加给自己，苦涩地咽下。

这是进入我记忆最早的一个故事，这首诗里的情境，恶作剧似的将我拽入一个虚虚实实的情境中不能自拔。

我的故乡是种满了柚树的故乡，在种满柚树的同时，我的故乡种满了人和故事，可我的故乡却实实在在是一个盛产美味柚果而出了名的地方。我的复杂情绪来自于我的故乡，所以，我对这片四季飘香的土地，有着情有独钟的热爱。

立夏是柚子开花的季节。在柚子花蕾簇簇撕裂的芬芳里，我的手心生长出许多触角，从最小的细节开始，遥远古老的臆想在我的思想里杂乱拼合。于是，这片芬芳滋润的土地上，便响起了软软的，叩击我心扉的马蹄声，一个轻盈矫健的女子骑在马上，穿梭在白茫茫的柚花里……

关于这个奇特女子在那个暧昧年代里的生活传说，因为经历了虚实的岁月而显得荒诞夸张。

祖父向我叙述这些关于梅姿的往事时，是一个阴凉得不像夏日的夏日傍晚。那时，夕阳刚落下我望得见的一个山坡，天边是一抹艳丽而不浓郁的红霞，空中还有几只飞翔着的鸟雀或青燕，这个傍晚宁静得不真实。祖父坐在一张古旧的淡棕色藤椅上，半躺着，一把折扇斜倚在他浅灰色的短袖衬衫上，祖父像极了一个瘦削的远古诗者。

那时的天色还谈不上昏暗，是太阳刚落山，明亮而不刺眼的一刻，我尽可以肆无忌惮地抬头望着天空而不眨巴一下眼睛，但我的视线被一棵遮在我头顶的石榴树茂盛的叶冠挡住了。石榴开花了，碧绿的春天里刚长成的嫩叶子里探着许多火红的花朵，我竖起自己的嗅觉在空气里探寻，却没有闻到石榴的芬芳，空气早已被铺天盖地的柚花香填满了。那些肥厚的花瓣正在离我们不远的果林和人家的檐前屋后热情地绽放。

庭院是古旧冷清的，我和祖父面对面坐着。一本厚厚的书放在我的膝上很久了，我们是怎么说到这个话题的呢？矮小的藤凳承载不了我漫长的裙裾，那洁白得像这个季节漫天飞舞的柚花一样美丽的裙子，便直直地坠到了脚下温热的泥土上，或堆在一处，或随风微微地掀动……

叙述的开始，是封建家族里一位刻板无味却深明大义的先人。他在那个女子无才便是德的年代里，不但不以一般的礼仪德行拘束他那个叫梅姿的女儿，反而为她延师求学。

我原想，梅姿的出生应该有个神奇的征兆，或者，戴母做了个奇怪且有特殊意义的梦。但很快，所有庸俗老套的假设都被我推翻了。与她那两位已经成人的兄长相比，她的降生平凡而又从容。但她知书达理的母亲却对这个身体瘦弱、容貌寻常的女儿倾尽爱心，在言教家规礼仪的同时，传授着唐诗宋词幼学琼林，以至于成年后，梅姿不解女红风情却遍读诸子百家经典史籍。梅姿的成长是一次智慧的孕育过程，博学可以让人深刻，所以，她的目光一开始就是敏感而锐利的。

风轻云淡的晨昏，家乡的山脚街巷，常敲响着马蹄的踏踏足音，或是急骤或是舒缓，立夏柚树开花的时节，也是那白色身影频繁狂奔的时节。依旧是白影一晃，无数的落英缤纷随风飘洒……那该多美啊！即使主角是一个被岁月淡化、模糊了的形象，她平凡的容颜和不婀娜的身影，飘忽到眼前时，却神圣得生动美丽。

一座废墟的梅园在我的意象里清晰起来。

她在戴家的朱门外引缰而止，她的脚落在下马石上了，黯淡的晨光里，她白色裙裾下伸出的是一双穿了黑色布鞋的缠裹过的小脚，这样畸形的美丽在那个年代已经是种落伍的时髦了。

这是个初夏的清晨，缭绕在戴府上空的夜雾还未散尽。她握着棕色马鞭的身影走进那扇朱漆大门，她没有朝正面的大厅行走，而是拐了个弯，穿过一扇月亮门，走到了一条小径上。那是条铺了方块青石的小径，小径的那一头牵连着梅园。梅园不是我原先以为的种满了梅树的园子，梅园其实是花园分割出来的一部分。梅姿轻缓悠然的脚步，现在正踏在那条幽径上，两旁是稀疏的几竿纤竹，碧绿的竹叶上正滑滚着昨夜微醒的露珠，青石外的泥地上均匀地覆盖了一层绿茸茸的地苔，闪动着迷人的翠色光亮。

房间里的布置，没有严谨的规格，一切都是随意自然，让人觉得就这样了，只能这样了而无可挑剔。她的卧室与书房也没有严格意义上的划分，她在卧室里堆满了书又在书房安置了床铺。每每夜深人静时，一点红灯如豆，她或是铺绢展帛握笔疾书，或手握一卷倚灯沉思。历史总是带了些陈腐气息，我头脑里的画面被一股封建时代的霉味紧紧箍着，又被现实柚花的清香甜美所包裹，我因而分不清汪在我眼中的那些水到底是浑浊还是清澈的流质。

梅园是块干净的地方，一年四季都散发着一股纯粹的竹子味道。我知道园中有口井，井上是座葡萄架，葡萄架下常年放着一张竹制的躺椅，天气正好，梅姿便躺在那张椅子上，手里握者一卷或薄或厚的书。

——有客自洛阳来。

那位洛阳才子，满面风尘从千里之外而来。那个傍晚没有风，在天上自由铺展的是绸缎一样华丽的红色云霞，在云霞熨帖的抚摸下，每张平凡的脸都因为这位不速之客的到来而容光焕发。

悲剧这样开始。

那季的柚花开得格外热闹，像极了初长成丰腴身姿的少女，多情而滋润。而梅姿在那时，已不知不觉中跳过了风花雪月的年华。年龄不是问题，梅姿看中的是这个人的才学，于是，她便不假思索地答应了这个男人的求亲，跟着他远离家乡去了京城。

像一个游弋的阴谋，春夏的交接，是神秘而晦涩的。柚子的花期漫长而拖沓，肥厚的花瓣从新鲜饱满变成苍白松弛时，正是江南的入梅时节。在梅雨淅淅沥沥的腐蚀下，凋落的花瓣，迅速地肿胀、萎缩、融化……家乡肥沃的土地上，周而复始着这种生长，就好像许多的人和事一样，不经意地重复循环，导致相似的结局。

谣言的嘴巴正在不停地运动，泡沫一样飞扬的诽谤，无中生有的恶毒。这个薄情而又可恶的男子，他什么都没有说，便甩袖离开了。

我的心软软的，忧伤像一个穿黑色衣服的陌生人，在一条寂寞的巷子里，堵住了我的去路。彷徨如一只深夜里无奈的玄色大鸟，幻灭般的慌乱，既来自于自身强壮表象下的虚弱，又来自于盲夜的残忍吞噬。

柚花和泥土的结合美丽而突兀，是忠贞不渝的植物的爱情。马厩里，梅姿的白马焦躁不安地用它坚硬的马蹄敲击着地面。

去洛阳吗？

梅姿站在马厩前久久沉默。

后来，人们惊异地看见，从京城回来的她腰间别着一把枪。坐在葡萄架下的梅姿，不经意地老了，病痛在长明的夜色里，静悄悄地剥蚀着绿色的季节。那匹曾经健壮的白马，那个曾经年轻的奇特女子，风一般地过隙了。她短暂不简单的一生，给她家族的后辈们，留了一些莫名的忧伤情绪。

沿着一条曲折无比的窄小山道，我去了她的坟墓。山道旁杂草丛生，我走在杂草间，像是一个没有脚的灵魂在漂浮，风悄悄地从耳畔滑过，不知名的古怪野鸟在山林中发着古怪的叫声，令人毛骨悚然。

一块被折断了的石碑斜斜地插在一堆乱石上，用手仔细地抹去上面沾染的泥土和苔藓，高潜题的“戴圣仪女史之寂居”几个字依稀可见，其中渗透的辛酸，已是无法追究。

祖父淌在河里

我的朋友说:“我的爷爷是个渔夫。”

我的朋友说:“我的渔夫爷爷把我做小姐的奶奶给娶走了。”

我的朋友又说:“我的渔夫爷爷做的辣酱子可香了。”

朋友们被辣得说不出话来。

祖父撑着夕阳随波缓缓地淌来。祖父淌在河水里,历史的夕阳红红地照着,皱纹像波浪般在河水里悄悄地荡开……

恩爱的老夫妻在河水边相聚,一碗温热的茶水装在白瓷的碗里,从这只手转到那只手。两手相碰时撞出一连串细微的涟漪,而茶水,已顺着祖父的喉管“咕咚咕咚”地淌下了。水真甜啊!

祖母深情的目光里,时间渐渐地后移。

流畅的某个春天,杨花飞起来了,柳絮还沾在眉毛上,柔柔的亲切。

过河的祖母对祖父说:“这位大哥,你渡我过河吧!后面有土匪呢!”年轻的祖父高挽着裤腿,赤裸的黑红胸膛上一片汗津津的湿亮。祖母托着手上的包袱说:“你渡我过去了,我把这些都送给你了。”包袱沉甸甸的,可祖父把目光落在了祖母年轻的脸上。那张脸上涂满了灰土,却遮拦不了眼睛的明亮美丽,祖母乌黑的长发垂在鼓鼓的胸口上,心跳着。

祖父把船靠到岸上。祖母的小脚在河岸边犹豫,祖父伸过竹篙,祖母抓住,跳到了船上。竹篙在深而清澈的河水里荡开圆晕,女人的眼睛变成两尾美丽的鱼。可就在这时,几声突兀的枪声打乱了平静,祖父憋红着脸和祖母逃离了土匪的目光。祖父和美丽的祖母一直逃啊，逃啊，逃进了红艳艳的洞房。

——这便是他们的故事了。朋友笑着，幸福地说。

祖父还是渔夫，祖父去打鱼的时候，祖母便在岸上等，等那熟悉的木筏子驶进她深情的目光。

可是有一天，木筏子向着岸飘来了，却没有看见那个小脚的女人。祖父的眼神突地暗淡了，失落地走上岸，表情里全是寻觅。

夕阳斜斜地落了。祖父失落地走回筏子，和河水一起往夕阳落的地方淌去，之后，便再也没有回来了。

小屋里的老人

我打着伞，在一棵被雨水浸泡得惨白的橘子树下，遇见了那个老人。她有一双别扭的小脚，走路时有些无法把持地摇晃，仿佛随时都可能跌倒。

我问她："婆婆你去哪？"

她并不回答，湿淋淋的身子打着战，脸上满是委屈的神情。

我扶着她回到那间小屋的门口。全世界都湿湿的，浸过了水的门显得异常沉重，但是，老人轻轻一推，那门就打开了。我不太适应那小屋的黑暗，甚至不敢往里面看一眼，便快速地逃离了。这个老人是一个孩子的太婆，他说："我这个太婆很奇怪的，那个黑乎乎的小屋里可能有可怕的东西，好可怕的。"于是，我便逃离了，孩子们都不敢走近那个小屋。

——这是个多雨的季节，积水在脚踝上徘徊，似乎从没减退过。成群结队的蝌蚪和一些红色的蚯蚓，不时地从我的脚趾间钻过，像飞鸟穿梭在森林中一般自由。蛞蝓到处繁殖着，在麦子和月季花鲜嫩的茎叶上留下它们细碎的齿痕和鲜亮的足迹。空气里漾着一股很浓的泥土味道，潮湿而质朴，似乎是芬芳的，却让人的呼吸变得压抑。

那是个紧促而慌张的午后，一件不合身的大衬衣罩在我瘦小的身上，没有丝毫的生动和熨帖，我看上去丑丑的，有些让人沮丧。推开那扇神秘暗旧的木门，用尽了我所有的勇气，我想尝试一种被人躲避的消极。同时，又是出于年少时的好奇，每个人都想知道在他面前关着的那扇门里有些什么，除了这个老人，这屋里还有什么，这是我最想知道的。

这个莫名其妙的雨季，蛞蝓无处不至，那扇神秘的门上也有它们的身影，像是落上了一些雪花。我因为激动而深深地呼吸着，然后，在心中画了个理想的形状，便用手去推开那扇神秘的门。

门没有锁，伴着“吱呀”的声响，那扇门在我慌乱的眼神里被缓缓地推开。灰尘泛着陈年的颜色和一些虫蛀的木屑纷纷坠落。门是旧的、粗糙的、松脆了的，门板上有些显眼的缝隙，像撕裂的伤口一般大小。门是那间神秘小屋的眼睛，门打开了，那种远古的味道便扑鼻而来。小屋里潮湿而阴暗，唯一一个脸盆大的窗，也用木板堵塞住。夹杂着一些无意的纷乱和洗不干净的暗色，浑浊得像是一盅陈年的老醋，遮掩不住自由地散发，沉重的木塞还未拔开，酸涩的味道便挥洒出来。

门打开，便看见了那个老人。她长长的有些稀疏了的银发艰难地绾了个髻留在脑后，用银簪别着，和那张陈旧的脸一样，已经松弛了，只有古老的样式，还透露出些许神秘，惹起人们对逝去了的美丽的憧憬。永远的那身黑衣，松松地搭在没有了白嫩肌肤的骨头架子上，连皱褶也显得单薄。

那个穿黑衣服的老人，蹒跚着步履在黑暗的小屋里忙乱地摸索了一阵，一杯热热的开水就到了我手上。我没等待那水冷却便迫不及待地一饮而尽。滚烫的茶水穿越我瘦弱的肠胃时，发出热油浇到生肉上时的声音，那声音很响，我和老人都听到了，我只是被烫得说不出话来。

老人悠悠地说：“你喝慢点！”

老人的眼睛在黑暗里炯炯有神，花白的头发闪动着一些绿色的荧光，苍老的年纪很坦白地抒写在脸上，细长的皱纹的旮旯里，盛装着斑驳的隐晦，像阳光下的雪地一样妩媚。

我突然有些感动起来，热热的水一样的东西浮上我的眼眶，胸中涌起了拥抱那位老人的欲望，但是，情不自禁地，有种东西把我定在了原地，那是种潮湿的夹杂着草根和昆虫壳的土香。这股味道似乎是从近处的山坡飘来，又似乎就是这座房子里固有的味道。我陶醉地深深呼吸着。直到许多年后，我这才知道，这股潮湿的土香，和坟墓的味道如此相似。

老人坐到一张庞大的围椅里，深深地陷进去，只看见半个头。她平静地注视着我，像是要在我的脸上寻找某种细微的颗粒。一串乌黑的佛珠正在老人的手上缓缓地转动，用高傲的表情凝视我，发着"嗒嗒嗒"的轻微碰撞声，空灵的忧郁，把小屋里的寂寞延伸得很长，很长……

老鼠在黑暗里"叽叽吱吱"地叫着，骤地从我的脚间窜过，爬到屋梁上去了。一些粉状的东西顺势落了下来，房子里弥漫起一阵模糊的东西，有些呛人。

"你是哪里来的小孩?"这虚远缥缈的声音把我的心思从她的佛珠上拉扯回来，似乎屋顶上沉睡的瓦片都战栗了。

老人说完后便紧抿起她乌黑的嘴唇，只有挪动身子的时候，沉寂才被那张藤椅发出的几声尖利嘶鸣打破。屋角的光线很暗，我看不见她，只有环形的椅背深重地跃入眼帘。我站在原地不知所措。

很久很久以后，在一种静得可怕的气氛里，老人突然说话了："你该回去了，孩子！家里人会找的。"

随着"咿——呀——"声响起，身后那扇黑旧的门，向着我关闭了。它缓缓地闭合，如深远的叹息一般悠长，穿墙而过的，还有那个老人诡异的呼吸和断断续续的喘息声。

后来，老人在那个无法停息的漫长雨季死去了。当她终于被儿孙们记起，从那间黑暗的小屋里拯救出来的时候，她原本洁白的骨头上已经长出一层厚厚的青苔，雨季象征性地在她身上烙刻了许多霉垢，而那件黑色的衣服则依旧松松地搭在身上。她的眼睛仍睁着，只剩下两个空空的洞。

许多年后，当我再次回忆起那个神秘的午后，竟是那么的妙不可言。

异乡人

雾是一块浓重的幕布，给它伴奏的是一阵迟钝的叮当声。

一个老人向着布幔伸出手。浅蓝色的疑惑状态里，视觉很厚，手很瘦，一些青筋如雷雨前的蚯蚓般暴露无遗。伸在雾里的手并没有动作，但是，一个影子的轮廓却在那一刻被牵扯了出来。影子有些模糊，鸣奏着音乐的是他肩上挑着的担子，担子沉重，扁担被压得弯弯的。老人的目光落在扁担的两端，一只乌黑的铁炉和几个锅碗瓢盆相呼应，如同一段不再明媚的历史，泛着梦幻般的陈旧光泽。

异乡人在那个早晨和大雾一起走进村庄。他胡子拉碴，头发像一蓬蕨草般卷着，睫毛上覆盖了一层白白的雾霜。乌黑的棉袄棉裤绽了许多口子，露出几朵发黄的棉花。他的鞋沿上沾满了猩红的河泥，湿漉漉的，那是一双破旧的军绿色棉靴。他的脸上有一种凝重的神色，他举着手里的竹筒敲了敲，"啲啲啲"，很响亮。

他向这个老人打听一个人的名字。

这个人死去多年了，那个老人抬着下巴问："你是谁？"

异乡人发红的鼻子挂了些雾水，他不回答。时间在雾里停顿了一个间歇，有种不可言说的神秘气氛。

老人的目光变得尖锐，他盯着这个可疑的陌生人，又问了一次："你是干什么的？"

那个老人仍死死地盯着那个陌生人，脸上布满疑惑的神情。

异乡人来到了村庄，同时也带来了一个关于再生人的传说。他向遇见的每个人打听一个人，他把手伸进自己的棉袄领子，翻出一个银光闪闪的钥匙，钥匙挂在一根红色的细丝线上。他说这是他前世的家的钥匙，只是他找不到家在哪了。

那一天，村庄里布满了疑惑。

人们好奇地跟在他身后窃窃私语，看他在一棵茂盛的悬铃木下，曲着膝盖蹲下来。悬铃木枝叶繁盛，有两只鸟，正在上面做着什么。他听到了那两只鸟怪异的叫声，抬起头，抱怨地看了它们一眼。他的目光变得凶狠，从地上拾起一块石头向它们扔去。石头打在了一根树干上，“啪”的一声脆响后直直地落回了地面。

头很痛，他双手用力地抱住头，觉得自己快要死去了，一片鲜翠欲滴的竹林却渐渐地清晰起来。一个壮年的男子从林子里走过，他隐隐约约觉得那人是他自己。他牵了一只细嫩的手，那女人是谁却看不见……

头痛欲裂。时光像一枚针，静静地从人间穿过，附近的山林传来了松鼠啃噬坚果的声音。他若有所思地站立起来，挑起他的担子，往远处走去。黑夜像一只巨大的口袋，正把他笼罩进去。

从那以后，谁也不知道他去了哪里，但村庄里留下了一个再生人的传说。

小友

小友是智力障碍者。

那天，小友对我说：“你知道林子里的柚花开了吗？”我于是就踮着脚，偷偷爬出了那个临着道路的小窗子。

小友正赶着几只垂头丧气的羊羔从山上回来，见到人就咧开嘴“呵呵”地笑。

有人问小友：“这是去哪呢？”

“回——回家。”小友结巴着回答，一挂涎水例行公事般地从他的嘴角垂了下来。

“你爸的病好些了吧？”

“没。咳——咳嗽得紧呢！”小友的脑袋不由自主地左右摇晃着。

那人长长地“噢”一声，走了。

小友还愣愣地站着，看着那人朝着人家密集的方向走去。

那是在中饭以后，鸡狗都在村庄的空地上打盹，人也在大树的荫凉下或者家里的藤椅上睡着了。废弃了的柴房的破旧木门，脱离了门框，歇在风中时开时合，发着“吱吱呀呀”的声响。栖息在窗棂的鸽子，开始咕咕地呻吟，枣树上的青蝉不停地送来单调的长嘶。

我转身，走上了一条弯弯曲曲的田埂，田埂上长着油亮的青草，幽蓝的野花和星星一样多，轻柔地抚摸着脚踝。一只四脚蛇从一堆陈麦秸上急窜过去，发出沙沙的声响，吓了我一跳。田野被正在生长的麦穗子割开了一道道泾渭分明的脉络，赏心悦目的碧绿一直延伸到远方，那些不易察觉的白色小花，散发着鲜甜的粮食味道。

小友已经埋着头坐在一段田埂上睡着了，甜甜的鼾声从膝盖跌落，掉在一蓬杂乱的深草里。他的脚光着，挽起的黑色长裤翻出了白色的里子，腿肚子上沾了不少酱色的泥巴和青绿的草叶子，一只可爱的金龟子在上面爬动。乌黑的羊鞭就放在他的脚边，而他那几只年迈的山羊，却正在附近的麦田里，美美地咀嚼着养活我们性命的粮食，“嚓嚓嚓”的咬噬声夸张地衬出午后的安静。

我走上去踢他的膝盖，他挪了挪脖子，一汪白净的口水顺着他的口角淌下，滑过他的手臂。他没有醒，大概正在做梦，于是我重重地在他的头颅上敲了一下。骨头与骨头相撞产生的疼痛让我倒吸了一口冷气。小友也从地上弹了起来，像皮球一样跳着，用手指着我，含糊不清地骂着一些很难听的字眼。

我弯下腰，拾起地上的羊鞭，冲着羊群的方向对他指了指，说：“看看你的羊吧！”

他停止了跳跃，夺过羊鞭向羊群跑去，愤怒的样子有些滑稽。

我看着他跳进麦田，去牵扯羊脖子上的绳子，想要把羊从麦田里拖出来。羊显然不愿意舍弃嘴边的美味，于是，人和羊便僵持着。过了一会儿，他终于把羊拖上岸了。我不怀好意地在一只羊背上使劲拍了一下，羊躲闪时，后脚陷进了麦田。

小友的嘴巴无意识地咧着，露出两排积有厚厚黄垢的牙齿，眼睛没有表情地望着远处，只有脑袋四周几撮稀疏的头发在风中摇曳着。我想，小友该有六十多岁了吧！我转身往远处的柚子林走去。

那天，我正坐在一张矮小的板凳上剥着碧绿的豌豆。太阳升到头顶的时候，知了的嘶鸣变得很尖锐。一缕刺眼的亮光越过门槛射到了我的眼角，我抬起沾满青绿色豆屑的右手去遮挡，却被它烫了手。我跳起来，被脚踢翻的豌豆在光滑的地面上滚了起来。

这时，一个老人正悠然地背着手穿过那片柚子林，他陶醉地呼吸起柚花的芳香，还不停地感叹道："多美好啊！又香又甜的花。我再也没见过比这更好的花了，今年一定结出好果子。"

一只野狗从他边上急窜过去，吓了他一跳。但是紧接着，他的脸就更青了。他踩到了一个奇怪的东西。老人古怪的叫声尖利地划过天空，吸引了无数的好奇心。那是小友的手背，他的脚仿佛粘在尸体上再也挪不下来，他浑身不停地颤抖着，脸色激动得由青变红，又由红变青，丑陋地扭曲着。

人们聚拢过来，老人醒过来似的浑身一颤，把脚拿开了。

小友瘦弱的身体已经有开始腐烂的迹象，经过野狗尖牙利齿疯狂的扒拉，已经伤痕累累了。柚子花开得正浓郁，而一阵风飒飒地刮过柚树林，扬起的却是一股浓重的腐臭味。眼前已是拥挤哄热的一片，我被远远地挤到了人群外围。我还在惊讶，想起他一直挂着涎水的脸。

树上的老曾公

老曾公背着手在柚子林里转悠的那个冬天特别的干冷。

干巴巴的叶子差不多落光了，树林变得干净而明朗。老曾公从屋前踱过去的时候，我就站在他的眼皮子底下，他却没有看我，直直地就走过去了。他木然的脸上沟壑纵横，几根稀拉的白胡子里还粘了些草屑。他垂着头，慢吞吞地拖着步子，弯曲的脊梁上贴着一片亮晃晃的阳光。黑灰的旧棉袄"刺啦刺啦"地划过干硬的树枝，鞋底在碎石上磕绊，碾着被太阳烤得香脆的树叶，一股慵懒的倦意在林子里回荡。老曾公的双腿已不再健壮，他像一片叶子，走得轻飘飘的。但林子里寻欢作乐的公狗和母狗都听到了动静，立即停止游戏，伸出舌头警觉地四下张望，几片又老又残的叶子轻盈地飘下来，公狗离开母狗，撒开腿跑了，接着，母狗也冲着公狗逃跑的方向追去了……

老曾公穿过柚子林和田野，又沿着村路，走到了自家的麦垛子面前，抽出几把热烘烘的麦秸。正要往家里走的时候，他看见几个老人坐在破败的墙角晒太阳，干瘦的手一律团起来塞在棉袄的袖子里，旧得发黄的毡帽盖住了大半个脸，领口露出精瘦的骨节。老曾公在他们面前停下来感叹："从前这里的庄稼多好啊！" 那是一段令人向往的岁月。

有人应和说："那是很久以前的事了。"墙角的苔草经阳光一照成了赭褐色，老人的目光抚摸过这些刺茸茸的植物，又空洞地望着天际。

老曾公也伤感地说："以前啊，这里的溪水好，果树好，竹林也好……"不知道是哪一年了，他们都抡着沾满泥土的锄头和铁锨，在河岸果林里忙碌，那时头发还没白，身子正健壮，还有使不完的劲。

很长的一段时间，他都躺在床上，软软的，像一块黑布，头发上落满了灰屑。人们都说：“这老头子不行了。”他却突然照常早早地起床，穿着那件已不适宜季节的黑棉袄出门了。

有一天，走到门口的时候，他很明显地犹豫了一下，也许是一只虱子抵触了他的情绪。他停住脚步，两只手艰难地伸向后背，又伸进棉袄，很艰难地抓挠着，脸上的表情复杂而快乐。

又过了许久，他在自家小屋前的柿子树下站住了。他沉重的身躯在树干上摩擦着，柿子树剧烈地颤动了几下，几片枯萎了的叶子跌跌撞撞飘了下来。还是痒，他黑瘦的双手伸向棉袄的纽扣，手在抖，上面有些纸屑一样起翘着的灰白色死皮。纽扣松开了，他把衣服脱下来捧在手上，埋头寻找影响了他情绪的那几只跳蚤或者虱子。

有什么干硬而黏糊的东西迷住了他的眼睛，他不时抬起肮脏的右手去擦拭，擦拭的次数愈频繁，他的神情便越痛苦。

老人自言自语地说：“这是怎么了？”

春耕的人们扛着各种各样的农具从他家门口经过时，都看见了他坐在柿子树下捉虱子的身影。那些人说：“老曾公，小心着凉了！”他们嘴里这样说，心中却暗自想着：这老头子八成是糊涂得不行了。

天暗了，风冷了，他才慢慢吞吞地站起身，穿好棉袄，拍拍身上的尘土，往他的小屋走去。小屋里的电灯坏了，黑漆漆的一片。

第二天，人们发现他的时候，他像一只猿猴，高高地坐在一个枝杈间，一动也不动地看着远方，已经僵硬了。

也许就在那个深夜，他悄悄爬上了柿子树。

父亲的井

父亲终于决定要打一口井了。

他算了一笔账,减去今年的开销,去年的收成还节余了一些。村子里的水土好,随便挑块地方往下挖个几米,都能出好泉水。可是地也珍贵,边上如果有公井可以用,干吗要花那个钱财和力气?但是,父亲想,家里有口井就方便了,再也不用绕两条路去挑水了,遇着人多时,还得在边上排队等。打井的位置也看好了,就在家门口那棵大樱桃树下,那里有股水脉。

打井师傅是个黑黑瘦瘦的中年人,肌肉一股股的,笑起来的时候有些憨憨的,话也不多。母亲烧了点心和午饭,他不好意思坐到桌子前面吃,就端了大碗,坐到刚挖出来的土堆上吃,屁股上沾满泥土。打井师傅饭量真大,一大碗烫年糕下肚了,再咕噜噜喝一瓶啤酒,吃完了,喝完了,母亲再问:“老师公,年糕还要不?”他憨憨地笑起来:“再来一点也好的。”母亲便又盛了满满一碗年糕送过去。这一碗年糕也吃完了,他摸摸肚子,有点满足的样子。吃好后,他也不休息,把酒瓶子和碗筷一起放在土堆上,又干活了。

打井师傅在挖土的时候,父亲就在边上帮着运泥。井口上支起一个架子,装了个大轱辘,一根粗绳子把泥筐从井里拉出来,倒在边上后又放下去。泥都堆在边上,堆不下了,再铺到院子的地上。井挖好以后,家里的大院子高了好多,外边的门槛都低了。刚挖下去时,土是黑的,后面就变成黄的了,泥也越来越湿,一团一团的。井里吊上来的土越来越沉，母亲便也一起去帮忙了。我还小呢，想趴到井口往里瞅几眼，却总是被驱赶，“井边又滑又湿，小心掉进去，小孩快走开”。

有一天，挖井师傅光着上身从井里上来了。胳膊、脸上都是黄泥，他一边拿汗衫擦着脸，一边和我父亲说：“水冒出来了，得借个抽水泵来。夜里抽干水，第二天才好再挖。”抽出来的水都灌到边上的文旦林了，那个夏天，文旦树都喝足了水。

就这样，一边抽水一边挖井，十来天后，六米深的井挖好了。挖完井还得砌上石头做个井栏，这样才牢固美观。但这个费用没有在父亲的预算里，他把打井师傅的工钱都结了以后，又在自己的账本上仔细地记了下来，算来算去，井栏得看明年的收成了，现在只能临时在井边搁一块石板踏脚。

家里总算有口井了。大家都围在边上看，井口很大，三个大人拉着手才能围成一圈。井水还浑浊着，再抽一次水就好了。父亲说，如果再买个水泵就好了。我想着，这样闷热的夏天傍晚，父亲把他的啤酒和我们的大西瓜都浸到井里，再拎出来时，冰冰凉的，多惬意。

祖母也高兴，她说：“这下方便了。要用水时，直接拎一桶上来就好了，不用绕远路去沙井挑水了，水又鲜甜，好。”

大伯是夜里来的。那时，祖父母和我们同住，大伯则住在村子的另一头。他一进院子就瞪大眼睛，怒吼着让我父亲出来。已经疲惫的父亲吃完晚饭就睡下了，听到吵声，穿着个背心短裤走到了院子里，喉结上刮痧的鲜红印迹仍触目惊心。我也起来，躲在门背后偷偷观察动静。不知道两个人说了什么话，不一会儿，他们就扭在一起了。大伯每天拿铁锤的右手握成一个大拳头，结结实实地砸在了父亲的眼眶上，鲜血迸出来，溅到了他的白背心上。

祖父母起来了，邻居们也来了，井边闹哄哄的。父亲的声音有些嘶哑，又有些委屈，他说大伯没道理，话也不讲清楚就打人。大伯的声音更响，他说，你这个畜生存心的，挖个这么大的水井，是想害死妈啊。井口那么大，岁数大了的人，一不小心就滑进去了。印象里，那一夜极不宁静，父亲的眼角缝了好几针，那一拳头如果稍微往左一点，父亲的右眼就坏了。等他从诊所回来，夜才有了夜的样子。

第二天，眼睛上蒙着厚厚纱布的父亲，沉默地在井边站了好久。

当井里挖出的泥土和院子的地面合二为一的时候，井沿上也长出了茂盛的水草，但井栏一直没有做好。我趴在井边上找过青蛙也找过大人们骗我的“水井葡萄”，在我眼里，水井更像个小池塘。台风天，水从院子的地面流到井里，井里的水快和地面一样高了，拿个勺子直接就能舀水，但是那水黄黄的，能用不能喝，那段时间要喝水，还得去沙井里挑。那几年，台风刮掉了许多文旦的幼果，父亲也因为腿伤和肝腹水住了两次院，他的账本也越来越厚，越来越沉重。我们不再惦记井栏的事了，只是，每日在光秃秃的井边打水时，多长个心眼。

而自从有了水井，边上的那棵老樱桃树却似乎吸足了水分，长得异样茂盛，浓密的枝叶快把井口都盖住了。那几年，樱桃也长得格外好，早早地就上市，卖出了最贵的价，这份意外的收入补充了许多家用。有一天，母亲正抱怨这棵老树挡着井口影响了打水时，父亲搬了一个抽水泵回来。把水泵安装好后，又找来一块大木板把井口盖住，这样，樱桃树的落叶就不会烂到井里了。夏天，我们不再把西瓜和酒瓶放在水桶里吊到井里去了，井里传来的蛙声也闷闷的。从井底抽上来的水，更冰、更凉了，我常常握着那个大皮管在院子里乱浇水，浇得草都变茂盛了，真痛快。

又过了几年，邻居家都开始挖井了，我家井里的水变浅了些。有人把没处去的井土铺在了路上。路本来就是土路，已经被雨水冲得坑坑洼洼，露出了丑陋的大小石块。填了土本是好事，但太厚了，又没踏实，踩在上面便有些浮，我不小心扭了脚。母亲按照土方子，在院子的墙脚摘了蕉叶，用火烤了给我敷上，没多久就好了。但父亲却思考着家家户户有了井后，排的污水也更多了，水沟里的污水还会渗回到附近的水井里。

这次是修水井，顺便把院子里的地面也做了硬化。水泥和石块在院子里堆得像小山，定做的青石井栏也送来了。青石的井栏精致小巧，是六块青石板拼成的。父亲看了看，觉得还少点什么，就从杂物间里翻出他当石匠时的工具包。

井里的水又抽干了一次。清理了井底的淤泥，又往下挖深了三米，边上的井多了，这口井里的水就少了，得再挖深些。挖井时，井底下有树叶烂根，也有掉下去的啤酒瓶，瓶盖还好好的，瓶子里却已经没酒了，一副老花眼镜还完完整整的，是祖母丢的，另外，还找到一个大水桶，是提水时磨断了绳子掉下去的。

这次来打井的还是那个打井师傅，他变成了一个老头，也还是黑黑的。带了两个小工，都是外地人。外地来的小工比他还有力气，动作麻利，人也机灵。他们在井里爬上爬下了几天，井就打好了。水井四周砌了石块，上面那层又浇筑了水泥，隔开地面水沟里的脏水，只留下井底的那几个泉眼，这些泉眼出来的水还是清澈甘甜。

父亲满意地围着水井看了又看，青石的井栏上，是他精心雕刻的几个字，清秀隽永：公元 2005 年。

小屋

父亲要在围墙的东南角搭一间小屋。材料都买来了，有水泥、木梁、石子、石棉瓦、沙子，还有两扇旧货市场里淘来的木门，一扇装在院子这头，另一扇通往院墙外的菜园。菜园里种了三棵樱桃树、两棵石榴、两棵金橘和一棵杨梅，还种着四季的时蔬。菜园小小的，可是要用到的农具真多，大小锄头、铁锹、喷雾器。各种各样的工具越来越多了，总得有个地方安放。

父亲早就选好小屋的位置了。这个地方进出菜园方便，而且已经有两面墙在这里，节省了许多砖头。

苦难里成长起来的父亲，什么活计都会做，他又像模像样地做起了泥水匠。水泥、沙子、水的比例都配得恰到好处，屋子的地基是最先测量好的，用几根尼龙绳量好，绷得直直的，然后在尼龙绳对准的地方叠砖头，放一块砖，抹一些水泥浆，然后又放一块砖，这样重复着，墙很快就砌好了。小屋的地面是一些杂碎的石头铺好的，等墙面做好后，再铺上小石子，浇一层水泥。没几天，我就看见一间小杂屋的雏形了。

那天下午的太阳有些暖洋洋的。我坐在门前的阳台下看书，父亲提着一大塑料桶水泥浆往小屋那走去，水泥浆一路滴滴答答，留了条弯弯的黑灰色印迹。小屋的围墙都打好了，南面的围墙再加高些，就可以铺上木梁，架上石棉瓦了。过了一会儿，我突然听到一个沉闷的声音，好像有物体从高处跌落下来。我侧着耳朵听了听，以为是父亲从墙上往下扔那个空了的水泥桶，便继续看书。

可是，四周寂静极了，寂静得可怕。我开始觉察到有些异样，于是，试探地唤了声："爸！"没有回答，我立即放下书冲了过去。我看见父亲面朝下一动不动地趴在小屋的地面上，锋利的石头尖扎进了他的脸。我又叫了几声，还用手搬动了一下他的头，血还在流，可是，他一点反应都没有。我不敢动了，害怕地朝屋后跑去，那里是一个邻居的食品加工厂，这个时候，应该有好多工人在工作。听了我语无伦次的表述后，邻居放下手里的活，满手都是面粉，就跟着我跑了。他的几个小工把父亲从地上抬了起来。父亲还是没有知觉，鲜血从他脸上流到脖子上，再滴到衣服上。邻居拿毛巾放到父亲脸上吸血污，一边叫一个小工去另一个开出租车的邻居家叫人，一起把父亲送到镇上的医院。

我从未见过如此虚弱无力的父亲，在医院住了几天回来，他变得更加瘦小了，除了脸上新添的伤口，他的一根肋骨也伤到了。他一回家，就走到几个帮助过他的邻居家，向他们表示感谢，身体也许还很疼，所以，他的身体微微弯曲着。

又过了几天，一个建筑工人来给小屋结顶。父亲还帮不上忙，他就站在下面仰着头和那个人说话，说天气说果树，又说到受伤的事。我听见那个人叹着气说："是是是，好危险啊！还好救得及时。"

小屋建好了，父亲把工具都移到那里，摆得整整齐齐。那些工具里，有许多是簇新的建筑工具，是建小屋用的。

小屋结实好用，不知不觉已经度过十多年了。前些天，我回家摘樱桃，从那个小屋往菜园里走时，发现屋顶上已经有几处漏光，而那些工具也都长出了铁锈，如父亲，正逐渐苍老衰退。

前溪人家

那天正午，风向刚转，云朵还没散开呢，对面那家的就抱了个大水桶走到前溪了。

李家姆妈在窗前等了蛮久，一见到对面那家的出门，立即就展开了皱纹。她也飞快地去搬了一桶要洗的衣物，颠着碎步走到溪里。梅雨期刚过，前溪的水漫到了膝盖。她也没和对面那家的打招呼，先找了块平坦的地方放下洗衣桶，把裤腿高高地撸起来，又搬了一块石板一样的石头放下。石头落下时溅起来几朵水花，对面那家的抬起头不满地看了她一眼，没有说话，装作没看见似的又把头低了下去。

水冰冰凉，已经漂净了好几件衣服了。早在肚子里想好的话，像做好的饭菜似的，冷了又热，热了又冷，还是不知道该怎么说出口。李家姆妈突然觉得有点难过，自以为嘴巴好用，现在却变成了哑巴。她偷偷地瞅了瞅对面那家，她也正专心洗着衣物呢，头也没抬。

落了一个多月的雨，溪两边的杂草被沤得很肥沃，一些蚊蝇也早早地生长出来，有个大花蚊子落在了李家姆妈的白手臂上，她抬起右手一个大巴掌拍在了自己的肉上，血沫子溅开一朵小花。她咕哝着把手臂浸到水里去洗。溪里的石头被雨水滋出了一层青绿的细苔，随着水流舞动出美丽的线条。白手臂在清水里变了形状，更肥、更胖了。她偷偷瞅了瞅对面那家的手，黑黄细瘦，盘根错节似的。她想：老头子说自己命比对面那家的好，果然不错。对面那家刚生了女儿，第三天就自己抱着孩子的尿布到溪里来洗了。自己生了儿子，舒舒坦坦让老李伺候了

45天，吃得白白胖胖，浑身透出好气色。

本来也没什么事，隔了溪对门住着，两家人一开窗就打个照面。气就气在对门那家的不知好歹，李家姆妈那时正在溪里洗菜，那人竟拿了孩子的尿裤子到上头洗。李家姆妈哪里受过这样的气，捧了湿淋淋的青菜全砸在了那人脸上。她愣了一下，正要站起来和李家姆妈理论的时候，李家姆妈一脚踢翻了她的洗衣盆，把她也推进了溪水里。看热闹的都说李家姆妈太凶蛮不讲理了，溪里流着的是天落水，溪边哪户人家不在溪里洗东西，都是上头那家洗着衣服裤子，下头那家洗着碗筷，也有讲究点的人见到人家来洗菜了会把衣服什么往边上挪挪。为这事打架的倒没见过。大家把她扶起来，一边看着她身上湿淋淋地滴着水，哭着回家去了，一边还在议论着李家姆妈没道理，看她寡妇人家没有人帮衬，就欺侮她。

李家姆妈也气啊，回家躺了好几天，饭菜都让老李端到床上吃。

李家姆妈更气的是，两家人这么多年不说话了，她的宝贝独子却偏偏要和对面那家的女儿好，想着法子溜出去约会。儿子说了，现在新社会，恋爱自由，婚姻自由，你要是反对，我就不在这个家住了。老李也默认了。李家姆妈本事再大也拿这个儿子没办法。儿子一米八的个头，浓眉大眼，见谁都笑，谁见都夸。对面那家姑娘当了小学教师，他就去那个学校当了体育老师。李家姆妈在家看得紧，也看不到学校去。

这时候，溪边棋牌室的老张正拿了拖把到溪里洗。老张穿了高筒雨靴，在溪水里边走边搅和，水里面快烂掉的菜叶子、鱼骨头和细沙子都浮起来了。

李家姆妈把洗衣桶往水里一顿，叉起腰骂老张："你这个死光头，不会多走几步到下游去冲拖把啊，没长眼睛怎么的？我们衣服洗干净了又弄脏了，你给洗啊！缺德事情做多了吧，难怪毛都被拔光了。快过去快过去。"

老张听了并不生气，拄着拖把停下来，笑嘻嘻地跟李家姆妈说："阿婶你中午吃雄鸡了？火气那么大的。让老李煮点绿豆汤给你消消火。”

李家姆妈听了一瞪眼，抓起洗衣槌装作要打人的样子。老张赶紧拎起拖把往前面走，躲过一劫似的长舒了一口气，还回过头来做鬼脸。

李家姆妈放下洗衣槌坐下，像是自言自语，又像是和对面那家人说话似的：“这个老张油腔滑调的，以为别人没看见呢，天天夜里往溪里倒棋牌室的垃圾。”没想到，对面的那家居然也应了一声：“是呢！老缺德的。”

听到这话，李家姆妈的心里一下子亮堂起来了。

山里来的人家

小伙伴家突然来了一个客人。他戴了顶很大的竹编凉帽，因为拎了一袋子沉重的东西，乌黑的手臂暴露出一根根青筋。天气很闷热，一群蜻蜓在半空中飞来飞去。他用手赶了赶飞到他脸边的蜻蜓，把那袋东西放到地上，顺便擦了擦脸上的汗水。汗水酸酸的，好像混合了许多种味道。

我们都停下游戏，好奇地看着他。他脸上没有表情地问我的那个小伙伴："厨房的钥匙呢？"小伙伴闷声不响地去把那个房门打开，等他把那袋东西放进去后，又把门关上。他站在门口，扇着凉帽看了一会儿我们的游戏，便一声不吭地走了。

我们开始好奇地问那个伙伴，这人是谁啊？小伙伴一脸的不耐烦："我爷爷。""怎么没有见过呢？"我们更好奇了。

小伙伴说她家原是住在山里的，后来才搬到村子里。但是爷爷奶奶还在山里住着，他们有大片的山地，种了吃不完的番薯、橙子、桃子和文旦，收成后，这些东西就挑到集市上卖，也拎一些给儿孙们尝鲜。小伙伴说她不喜欢去山里，去山里得翻过一座不太矮小的山头，然后才走到山岙里，那里蚊虫多，电也没有。爷爷的那个小石头房就在一棵大樟树下，门前有一片空地，小鸡和狗跑来跑去。附近有几堵荒废了的围墙，杂草已经长得很高了，冷不丁有个小兽从那里钻出来，快速地窜到树林里。但是桑葚熟了的时候是全家都要去的，那里的桑葚又大又甜，吃得嘴唇都乌黑，感觉好极了。我们都羡慕地看着她，有个山里的爷爷是件多么幸福的事啊！山里突然变成了一个神奇的地方。但是小伙伴不喜欢，她说她的母亲也不喜欢，她们不喜欢山里的家，喜欢村子里的平房。她母亲爱打麻将，山里没人打麻将，只有鸡叫，鸟叫，风吹过山谷，各种野兽在树丛里走动。

过了几天，山里的爷爷又来了。灰色的旧衬衣敞开着，露出和手臂一样黑的胸口。他儿子一家正在吃中饭，他拉了条长凳坐到门口有风的地方，一边看着他们吃饭，一边说话，声音低低沉沉的。他说："你们晓得的，那条路得修修了。这次滑倒只是扭了下脚，医生说不严重，养养就好了。可是，你们晓得的，岁数大了的人走山路的时候还是不方便的。这条路还是得修修。"他儿子若有所思地放下手里的筷子，沉默了好久，说："你们要不也搬下来住吧！"山里的爷爷和他的儿媳同时看了看这幢两间的小平房，一个低下头，一个瞪大了眼睛。山里的爷爷还是说："修修路吧，你们出不了人工的出点钱也行。"

但是，小伙伴的父母有一天突然打起架来了。我们正在她家井边的薄荷地里找一只蛙，一大堆的麻将牌从屋子里飞出来，有好几只掉到我们的脚边。她妈妈尖叫着骂："你们滚回山里去好了。"我有些害怕地愣住，小伙伴却是一脸的平静。她假装没事似的笑笑说："他们就是这样的，过几天就好了。"然后，她的母亲蓬着头发冲出来，哭着回了娘家。

山里的爷爷又来了，不在屋里坐，却只是站在门口，有些弯曲的背靠在门框上。儿子说："过不下去了，天天打麻将，饭也不烧，对你们也不好。还不如在山里住。"山里的爷爷低着头看地面，深深地叹了一口气，皱纹便多了好几条，他也不知道怎么办才好了。走之前，他还是说："要么让孩子回山里住几天？人还是要去接的，小孩没人管了。"他对儿子说："打架没什么好打的，日子还是要好好过下去的，山里山下都一样。"

第五辑

阿跳的尴尬

“阿跳，你来一起玩啊！别老蹲在那里，影子落地上了。”英子尖尖的嗓子把麻雀惊飞了一大片。

阿跳闷着头窝在墙脚下，不知道应了句什么，地上的黄土被她划了许多道道。太阳晒得滚烫了，阿跳的后脖根起了层黑黑的油。

英子几个占了大樟树底下的树荫跳皮筋，汗珠子也一层一层地往地下滚。见阿跳没反应，她们就压低嗓门议论：“她怎么了？吃错什么药了？她不来站树桩，我们三个玩着挺没劲的。”

“英子，你声音小点，她听到要不高兴了。”晓晓刚跳了一圈歇下来，还喘着粗气。

“本来就是轮到她站树桩的嘛，一声不响就跑了。我又没说错，听到了也不管她。丽丽，你说是不是？”英子小嘴巴鼓鼓的。

丽丽是几个女孩子里年纪最大的，她的头发跳散了，正在绑辫子，抬起头来，脸上也是红通通的两片飞霞。她瞟了眼英子，继续慢吞吞地把头发绑端正。

英子继续叽叽喳喳，仿佛她知道所有内幕：“她爸妈昨晚吵架了，她妈光着脚跑到我家躲起来，她爸还追过来要打，早上她舅舅也来说理了，所以大人就把她赶出来了，不知道什么事。”

为了证明自己知道阿跳为什么不开心，英子还偷偷指了指墙脚：

“你看，那么热的天，衣服都没换，肯定是她妈现在还躲着，连家都不敢回呢。”

“她爸就是个老酒鬼，喝醉了就打人。上次下雨还摔倒了，一群细佬跟在后面学他摆着脚走路，还故意捉弄他。他后来看见我们就骂小鬼精。又不是我们捉弄他。”晓晓想想还觉得有气。

丽丽边收着皮筋，边拍了拍晓晓肩膀：“她往这边看了，你们不要说了。”丽丽总是有着大人的谨慎和世故，那是英子不喜欢的，英子一不高兴就会鼓起嘴来让大家都看见。丽丽慢吞吞地把皮筋卷成团团圆圆的一卷，塞进自己的花布小挎包，又轻轻地瞪了一眼英子。

“阿跳，我们要走了，你走不走？”英子隔得远远的又喊起来。

“你们先走吧！”阿跳终于回声了。这下，大家都听到了，有默契似的都相互看了一眼。“阿跳要被晒成番薯干了。”

大家走到墙脚。阿跳还是顾自己蹲着，手指头在地上划拉，已经沾了一圈黄泥粉了。

“阿跳，我们走吧！该回家吃饭了。”

“你们先走吧！我再等会。”

“要不你去我家吧。”

“不行不行，还是去我家吧。奶奶每天都多煮半锅饭，晚上我们还能一起睡呢。”英子抢着说。

阿跳不说话了。

“去我家也行啊。”

“阿跳，你说句话啊，这样烦死了。你再不起来，我们就走了。”英子又急了。

丽丽不说话，蹲下去拉阿跳，于是大家都上去拉她。阿跳的屁股使劲往地上拽，干脆就坐在地上了。可是她怎么拗得过三个女孩子的力量呢，她们没费多大劲就把她拎了起来。

阿跳的脸被暑期的太阳晒得红极了，她甩开伙伴们还拎着她胳膊的手，又想坐到地上去，却被大家拽得没劲坐了，又羞又恼，便跺着脚无助地大哭起来。大家这才发现，阿跳那条蓝棉布的裤子已经花了，屁股上混着泥土沾了大片的血污。

“啊！有血啊！”英子和晓晓惊叫起来，呆住了。

阿跳继续哭着。

丽丽把自己的小挎包拿下来，套到了阿跳的脖子上，花布小挎包滑拉下来，刚好遮住了阿跳的屁股。丽丽笑着说：“咱们先回家吧！”这事啊，只有她知道该怎么办。

爱哭的米妞

大家以为米妞号了一会儿就要停的，没有想到，她竟哭了两个多小时，午饭也没吃，便靠在椅子里睡着了，眼睛和鼻子都肿了，鼻尖上的那颗米粒大的痦子也似乎肿了。睡梦里，她还不时地哼哧一声。

妈叹了口气，心疼地说："这是哭累了呢！"爸扭过头没吭声，出门去了。大米妞十来岁的哥哥没好气地冲他妈说："都是你们给惯的！宠成什么样了。这么小点人就这么大脾气了，看你们以后怎么管她。"狠狠地关了门，躲进自己房里去了。

妈无奈地摇摇头，她四十岁才生下米妞，是早产，老鼠那么大个的小人儿，都以为是活不下来的，却也平平安安地喂到了七岁，怎么会不心疼着养？

过些天，米妞就好上学了。爸用手掌量了量她脚底，准备上街时给她带双新鞋子。米妞搂住爸的脖子甜腻腻地说："我的亲爸，我要一双好看的鞋子哦！要红色的，有蝴蝶结的。"米妞心里美美地想着上学那天穿上生日穿过的连衣裙，得把英子、星星她们都比下去。爸脸上、心里都是美美的，人生过了大半了，还有这么个宝贝缠着自己，多幸福啊！他乐意地点点头又碰碰米妞鼻尖上的小痦子。米妞米妞，就是这么来的，她比伙伴们多了颗有趣的小痦子。

街上逛了一圈，他挑中了那双红绿格子的小皮鞋，用手掌比了比，正合适。鞋店的老板娘开心地接受了讨价还价，断码的鞋子如果没合适的人买去就得囤着了。于是，爸就乐呵呵地把鞋子带回家了。

米妞一见到鞋子就乐了。洋气又漂亮，正是她想要的。可是左脚挤进去了，右脚怎么都挤不进去，再用用劲，还是挤不进，脚后跟也磨得痛了。米妞恼了，把鞋子一踢，光着脚，肩膀一耸一耸地跑到那张大藤椅里，放开喉咙就哭。爸妈先是哄，说："不合适我们就去换呗，米妞乖，不要哭了。不就是一双鞋子嘛！"爸赶紧捡起鞋子推了自行车就出门，还扭头喊："你看，这就去换了，我很快就换回来了。"

米妞还是哭，哭得门檐上的燕子都探出脑袋瞧热闹。妈见她没有停的意思，便去干活了。接着，隔壁家的大娘也端了个绣花的箩子慢吞吞地走过来，一边穿针一边问米妞妈："二婶，这囡又怎么了？小小人的，哭声倒是大哦。"米妞斜着眼瞪了她一眼，歪过头去继续哭。她才不在乎有人看热闹呢！

爸很快换了鞋子回来，可是和刚才的那双不一样。那双断码的退了，给哥哥换了双回力鞋，在另一家买了双粉红色的小皮鞋。粉红色的小皮鞋也好看，米妞是中意的，可是，刚才的那双也想要。哭了那么久了，又有人看热闹，怎么能这样就停呢？米妞没哭够似的号起来："我不要，我不要这双，我就，就要刚才那双嘛……"这下便哭得更不讲理，把大藤椅也哭颤了。

爸满头大汗也没来得及擦，见哄不了米妞，心里的火腾上来又压回去，便丢了鞋子在地下，无奈地摇摇头，不理她了。

大娘心里想着：拎起来打一顿，下次肯定不敢这么闹了。这家人真窝囊，这么个小不点也对付不了，真是要把她宠上天去了。以后大了还不爬到头上来？她这样想，脸上却笑着："囡，宝贝不要哭了。喉咙都哭哑了，歇歇，让你妈冲碗鸡蛋水给你喝。"又跟米妞妈打招呼："我也做午饭去啰！"端着绣花箩子走了。

采薇

星星七岁了，妈妈还用别针往她的粉色裙子上别手绢，手绢已经被香皂洗旧了，星星喜欢的那些蓝色小花也褪色成了白色的小斑点。妈妈轻轻地扯了扯星星的裙摆，说："就在阿姨家待一个月，星星很听话的对不对？阿姨家还有两个大哥哥会陪你一起玩的。星星是个干净的小孩，不能哭鼻子的哦……"

阿姨提了一个很重的大袋子在前面走，里面装着星星的衣服、童话书和玩具，星星背着凉水壶，提着个小包在后面跟着，里面装的全是零食。星星拖着脚走得慢吞吞，阿姨就停下来，伸了一只手要牵她，星星故意别过头，两只手都去提包，阿姨笑着说："星星的鞋底要磨破了。"星星以前没有见过这个阿姨，她比妈妈要高，脸还有些黑，星星就觉得有点害怕，可是，不能掉眼泪的，她就忍住了。

这个阿姨见到星星很高兴，对妈妈说："干脆送给我当干女儿吧，要不，长大了当媳妇也行。"妈妈笑得很开心，星星瞪了她们一眼，别过头去不说话，一个人生闷气。爸爸左脚受伤住院了，妈妈要照顾他就不能照顾星星了，让星星去这个阿姨家住一段时间。一段时间是多久呢？星星心里想着暑假快点结束就好了。

这个阿姨家住得真远啊！坐了两趟车，还要走很远的路，星星就有点委屈。太阳那么热，她实在走不动了，可她还不想和那个阿姨说话，于是就闹脾气不走了，蹲在路中央喝水。过路的人都要停下来看一眼星星，对阿姨说："这个小囡长的蛮有趣的嘛！"阿姨就对着过路的人笑：

“是蛮有趣咯，哈哈！”

星星后来在阿姨的背上睡着了，经过一个路口时，阿姨把她叫醒，说：“星星，记得这个瓦窑厂的大烟囱，就能找到阿姨家了。”星星把眼眯成一条缝看了看那个黑乎乎的大烟囱，马上又睡着了。

醒来的时候，天已经快黑了，星星不知道要做什么，就搬了张小凳子坐在门口，好像在等什么，她还不知道接下来的这段日子会怎么过呢。阿姨家的东边是一条土路，拖拉机开过时会扬起很大的尘土，邻居都住在路的另一边，其他三边都是稻田。这个时候，青蛙叫得很起劲，还有许多花蚊子，专门叮星星的小腿肚。

星星掀着裙子挠腿上的红疙瘩。这时，路上来了一群孩子，脸上都是脏兮兮的。有个小胖子突然大声叫起来：“快看啊，大林，小林，你们的小媳妇来了。”

一个黑瘦的男孩狠狠地推了一把胖子，两个一高一矮的男孩离开人群，飞快往屋子跑来。

傍晚，阿姨去河边洗衣服，一只手提着洗衣桶，一只手牵着星星，大林和小林穿着短裤背了游泳圈跑在前面。阿姨家的井水是咸的，要买水喝，洗衣服洗澡都要过马路去附近的小河。星星害羞，不愿意去河里洗澡，阿姨笑她，却还是买了大桶的水让她在家里洗。

水埠上已经来了好多人，放满了五颜六色的水桶。她们一边用力地搓衣服，端起水桶把肥皂水泼得远远的，一边大声地说话，问大林和小林：“星星是哪个的媳妇啊？”所有人都大笑起来，阿姨笑得眼珠子都看不见了。

大林和小林一下水就看不见人影了，星星脱了凉鞋蹲在阿姨边上洗自己的小手绢，小腿在冰凉的河水里泡得白白胖胖的。这条河并不宽，两岸长了许多芦苇，绿得阴森森的，石阶附近却漂了一些水浮莲，还开着花。星星东看看西看看的，不知不觉往手绢上擦了半块肥皂。阿姨心疼地说：“星星这手绢半年都不用再洗了。”星星望了她一眼，埋下头继续洗。肥皂泡引来了一群手指粗的小黑鱼，都围着星星的小腿转，还偷偷亲上几口，弄得星星痒痒的，她提起一条腿稍微动了动就滑倒了，手按在水里的石阶上，裙子湿了半条。

阿姨脱掉星星的裙子去洗，小朋友们都在水里起哄，笑星星不会游泳，一起喊着让星星下水。星星怏怏地坐到河岸的一块大石头上，穿着背心短裤，嘟着的嘴巴大概能去打酱油了。

这时，有一朵水浮莲慢慢从水上漂过来，一直到星星的跟前，星星眼也不眨一下地盯着看。突然，那丛花被一只手举到了空中。“小林。”星星高兴地喊起来。大林比小林大三岁，小林又比星星大三岁。大林总把自己当成大人，嫌星星娇气，不喜欢和星星玩，星星也觉得他装腔作势，更喜欢小林的调皮。

在阿姨家没过多久，星星的白裙子就都让河水沤黄了，凉鞋上的蝴蝶结也丢了。阿姨带着她去买了一条黑底白花的连衣裙和一条紫色的短裤，还把她的长头发编成了两条麻花辫，星星看上去有些乡气了。

阿姨白天不在家的时候，大林带了一群大孩子到家里打牌，吃晚饭的时候，星星在大人面前告了他一状。大林受了惩罚，咽不下这口气，就狠狠地扯了下星星的麻花辫。星星的眼泪在眼眶里转了好几圈，最后忍住了，夜里，她一声不响把自己的东西都收拾好，要回家去。阿姨让大林给她道歉，又哄了她很久都没有用，就有些生气：“这小人怎么这么不听话的，这么晚也没有车，你要被坏人拐走的。”后来，阿姨同意第二天送星星回家。

星星第二天起床时，阿姨已经到砖窑厂上班去了。星星已经忘记了昨天发生的事，跟在小林屁股后面去买包子，路上遇见的人还是要笑他们，星星还是会没好气地给他们一个白眼。

一个老爷爷在门前的池塘里围了一圈网，养了几只小鸭子，黄色的茸毛还没有褪干净。小林热情地拿网勺捞了很多浮萍去喂，鸭子却都不买账，躲得远远的，小林就捡了小石块扔它们。小石块没有砸到鸭子，却在水面打起了水漂，鸭子吓得挤在一处叫唤起来，星星站在边上哈哈大笑。老爷爷的眼睛有点花，急急忙忙从家里拐出来，还没看清是谁在捉弄他的鸭子，小林已经抓着星星的手跑了。

只有一个苹果，小林把皮削了塞进星星的小手心，却把苹果皮一点一点地盘进嘴里，笑着说苹果皮很好吃。正是黄昏时候，黄灿灿的太阳光折射过黑重的旧瓦片，落在他小小的眼睛里，有一种说不出来的温暖。

暑假是不知不觉中过完的，星星回家的时候还扎着两条长长的麻花辫，童话书已经翻破了。

前些天路过那个地方，星星下意识地去找那个大烟囱，却再也找不到了，那里大片大片的稻田和池塘都变成了工业园。

丢掉的耳环

小安的裤腿又短了一截，不用踮脚也能够到衣柜里的抽屉了。

柜子的把手黑油油的，小安记得那柜子里有一包冬瓜糖，前几天奶奶拿了一块给小安后，又装在饼干盒里，放进了柜子。

奶奶蹲在井边洗衣服，板刷刷得沙沙响。一只蝼蛄裹着沙子爬上井台，她就冲屋子里喊："小安，小安，你快来看，这里有个土狗爬上来了。"小安尖着嗓子应了一声，赶紧把柜门关上，又慌慌张张地把手里抓到的那捧东西装进口袋。

小安到井边看了一眼那只土狗，没有要捉住玩的意思。她说："脏兮兮的，我不要玩。"又说，"我想去外面玩了。"

小安两只手掩着裤兜，小心翼翼地走到院门外，转了个弯看不见奶奶了，才舒了口气，从口袋里掏出那捧东西。那是两串红丝线穗子，一团小布包，还有一块缺了一半的牌子，牌子上雕的好像是一头狮子，现在只剩下半个身子和尾巴了。小安仔细看了看这个牌子后放回裤兜，只留下那团小花布。这个牌子小安是有点印象的，她很小的时候戴过。奶奶说："那个时候，他们突然来抄家，看得见看不见的东西都被拿光了。这块玉佩塞在厨房的墙缝里才留了下来。本来是传男不传女的，小安那时候瘦，老是生病，就拿给她戴了。"那块玉佩后来怎么摔断的，小安就不记得了，也许是父亲和大伯分家时打架摔的。

小布包卷了好几层，里面原来是裹了两个金灿灿的圈状耳环。小安把耳环对着太阳照了照，又放自己耳朵上比了比，但圈子都捏变形了也套不进去，原来是没有穿耳洞的缘故。农村里的女孩子都极小便穿了耳洞。这活一般都是奶奶、外婆做的。她们把女娃的两个耳垂捏得通红，没了知觉时，在绣花针里穿了花线，又在火上烤了烤，突然一下穿过去，女娃正要哇一声哭出来时，老人扶扶老花镜，给花线打个结，便成了一个耳圈。她们往小孩嘴里塞块糖，又继续快速地把另一个耳朵的洞眼穿好。两个耳垂都抹了菜油，还是肿得红通通的。过段时间，有些小孩的耳洞就成形了，于是换上银制的耳环叶子，走路时一晃一晃的。有些则溃烂起来，线上结了血痂，于是把线抽出来，抹上药膏，等长出新肉了重新穿一次。

小安妈妈是幼儿园老师，奶奶说可以给小安穿耳洞了，她就说："折腾这干吗？好好的耳朵上穿两个洞，多痛啊！也不好看。我们小安就别折腾了。"奶奶本来想说村里的女孩都穿耳洞了，也憋住了。家里小安这一辈就她一个女孩，成天跟男孩一起玩，都没女孩样了。

小安把两个耳环都套进了自己的小拇指，刚好可以当指环，又把两个红穗子套在耳朵上，她蹦着跳着往晒场那边去，耳朵上的穗子便一荡一荡的。

林树家在盖平顶房，沙子黄砖都堆在晒场上，像一座座小山，他正领着几个孩子在砖山上爬着，膝盖上蹭得黄黄的。见到小安跑过来，他高高地把手举起来挥了挥："小安，你不要过来，前面有敌人！等我们去把他们消灭掉哦！"

小安走到砖山下，她哈哈笑起来，说："好好好，敌人很厉害的，你们自己可别摔个大跟头哦！我给你们做饭去了！"

小安去沙堆那里给他们做饭了。几片大桐树叶当锅，小桐树叶当碗，沙子当饭，沙子里挑出几粒白色的小贝壳当菜，东看看西看看，又去捡了个罐头瓶子装了水当酒。

林树他们在砖山上插了一根树枝后得意扬扬地回来了。他们装模作样地看了看小安做的饭菜，还用手沾了沾桐树叶里的沙子，放嘴边尝了尝，点点头说："饭菜做得不错，媳妇你辛苦了。"后面的跟屁虫们也跟着说："媳妇你辛苦了！"大家哈哈大笑起来说，小安怎么能是这么多人的媳妇啊！可是小安带了红穗子还真是好看，像唱戏的。

挑沙子的人来了，冲孩子们大声喝着："走走走，边上去。铁锹可不长眼睛哦。"他一锹下去，沙堆便动了。沙子流下来盖住了小安做的那些饭菜和树叶，又被他锹到大簸箕里挑走了。

孩子们又围在沙堆旁，开始玩挖沙子的游戏。每个人都掏一个手臂那么粗的洞，看谁挖得最深。掏得最慢的那个总是捣乱，抓到一把沙子就乱扬，扬得大伙的头发上、脖子上全是。林树一边快速地掏着沙洞，一边骂那个人："大头，你给我小心点，再捣乱看我等会怎么收拾你。我让你把这些沙子都吃了才饶你。你还不住手？"说着，也掏出一把沙子砸向大头的脸。

这时，小安喊起来："我的好了！"

大头突然走到她边上，一扒拉就把小安掏好的沙洞给掩实了，连小安的手臂也埋在了里面，海沙子里还有潮潮的海腥味，蛮好闻。

小安抽出手来，也抓了沙子扔大头。于是，大家都冲过来，把大头压在沙堆上，往他脖子里灌沙子。大头咿咿呀呀地喊着求饶，直到他嘴里也呛进了沙子，大家才笑着住手。

有大人到晒场边喊孩子吃饭了。

小安也好回家了。她搓搓手，又掸了掸衣服上的沙子，觉得手上好像少了什么。可是，裤兜里，她挑好的几只白贝壳和小石头都在的呀。

吉祥

中秋前夜，是村里的高庙寿日，都要请剧团来演戏，都要演《天官赐福》。

吉祥胡乱扒了几口饭就往外跑。“你把鞋子穿穿好……”他爸不满地瞟了吉祥妈一眼，把酒盅往桌上一顿，溅了好大一圈酒香。吉祥喜欢把凉鞋当成拖鞋穿，这个夏天快把鞋底都磨穿了，搭扣还是新的。吉祥头也不回地“噢”了一声，飞快地跑了。

场子里早已灯火通明，孩子们都紧趴着破旧的戏台围在四周。吉祥长长的头发扎了对羊角辫，绕着红头绳，走起路来一跳一甩的。场子里便有老人指着吉祥打听道：“谁家的小人，蛮有趣的。”挤在她边上的小波却不乐意了。吉祥一转头就把辫子甩到他脸上、脖子上了，有股发油味，怪痒的，重一点还会生疼。他往边上挪了挪，可是戏台那么小，不一会儿就被挤回去了，他用胳膊肘顶了顶吉祥，想把她往边上推，也推不过去，就使劲地扯了一把她的辫子，吉祥摸着生疼的头皮恼怒地瞪了一眼小波，注意力立即又被戏台上的动静吸引了去。

锣鼓敲响了，闹哄哄的戏场立即肃静下来，看客们都翘首盼着紫徽大帝领着一群神仙浩浩荡荡地出来赐福。

先是南极仙赐福，再是文曲星、送子娘娘，直到福德财神扛着碧桃枝出来，戏场里立即喧闹起来，大人小孩都等着天官摘了桃枝上的寿果寿糖往下扔，一个个眼珠子睁得雪亮，怕一个没注意就被别人抢了糖果。吉祥也不知道他们唱什么，却听得极认真，眼珠子一转不转的，凉鞋被挤掉了一只也不知道。

糖果分完了，热闹也告一段落。接下去要唱正本《宝莲灯》，那些趴在戏台上，心思本就不在看戏的孩子们就散去了大半。神仙们踩着锣鼓点拂着衣袖进了后台，从吉祥趴着的那个地方正好可以望见后台的一个角落，她看见神仙们低着头解了身上的行头，仔细地挂到木架子上，又匆匆忙忙换另一身行头再上场，戏服头冠上的珠宝抖落出绚丽而细碎的光芒，洒得后台角落旮旯里全是虚幻。吉祥看得入了迷，身子轻飘飘起来，仿佛自己也披着凤冠霞帔成了云中仙子。

大家都没注意到那对羊角辫是什么时候离开的。

戏散场的锣鼓点敲过了好一会儿，吉祥还没有回家。吉祥爸就骂了："这么小点的人就野疯了，以后长大了还得了？翅膀没硬就要飞走了。"吉祥妈觉得挺委屈，大家都说吉祥眉眼长得秀气像她，可是这性格脾气哪一点像自己？

再过了一会儿，路上的脚步声也静了。他们便皱起眉头了，不约而同地问："这孩子怎么还没回家？"吉祥妈开了门瞧瞧路面，除了亮晃晃的月光，一个人都没有。她有点急了，催吉祥爸一起去找找。吉祥爸赌气似的说："不去，丢了才好呢！"

吉祥妈一路叫着"吉祥"，去戏场找吉祥了。

正在家里洗着脸的阿妗，手上湿漉漉的毛巾也没放下，就从门里探出身子大声问吉祥妈："吉祥哪去了？"

"吉祥看戏去了没回，我去找找。"

另一家的婶子听到了，也推了推刚进被窝的孩子："你看见吉祥没？"孩子半睡半醒，说："那么多人，哪里顾得上看？"

这条路边上的人家都有了一阵小骚动，但又有着吉祥会马上出现的盼头，便懒懒的不想出门。直到吉祥妈焦急的喊声从空无一人的戏场里传出来，才有许多人惊慌着跑出去一起找人。

七八束大手电的亮光在戏场里照到了吉祥丢下的那只凉鞋，已经被各种鞋底踩得脏黑,躲在几张棒冰纸和几个油污污的油纸袋下面。边上的果树林和溪涧仔细找过了,稻田也摸了一遍。吉祥要好的几个伙伴都好好在家呢。还有哪里能找呢?草尖上挑起露水的时候,吉祥妈瘫坐在地上,连哭都不会了,吉祥爸想把她拉起来,拉了几把没拉动,干脆也坐到地上,愣愣的不说话。

大家回忆晚上在戏场里看到的生面孔,都排除了吉祥被拐子拐走的可能,就劝他们,说:“这么小的人,鞋子也没穿好,肯定不会走远,丢不了的,等天亮了,大伙再好好找找。”

其实呀,这时候的吉祥正躲在戏班子的衣箱里睡觉呢!

吉祥拖着一只凉鞋一瘸一拐地出现在人们面前时,大家都累得想睡了。吉祥爸一个巴掌甩在了吉祥脑袋上,把已经毛了的羊角辫打散了。吉祥吓得不敢哭,一会儿看看这个人,一会儿看看那个人,觉得没趣了,又低下头去看自己的脚。

吉祥后来无数次偷偷地用床单把自己裹成云中仙子。

金鱼

风有些大，她站在那座两块水泥板搭的小桥上，手里提着一串稗麦秆子穿着的野草莓，黄色格子的旧衬衫又宽又长，一直拖到膝盖上，两条瘦而蜷的长腿光着，有些抖。那对眼睛又大又肿，长在一个不对称，而且头发稀少的小脑袋上，便显得有些可笑了，所以大家都叫她金鱼。

晒谷场边上的那棵悬铃木长得很茂盛，树荫散了一地。小雨从家里拿了小板凳和粗麻绳，做了一个简易的秋千架。大热天里，裙子飞扬，全是一群女娃娃的笑声。突然，有人喊了一句"金鱼来了!"笑声便四处逃散，连秋千架也不要了。她们都躲着她。她是长得最丑的，又邋遢，两只手总在头发里搜寻着虱子。

那只小花猫躲在牵牛花丛里很久了，左耳缺了一角，还粘着血污，有人走过时便溜出来讨好地舔舔路人的脚后跟，又总被咒骂着踢到路边的草丛。金鱼摇晃着小脑袋走过去，艰难地蹲下身子，从稗麦秆里撸出一个软塌塌的红果子，十指乌黑，战战栗栗地扔到小猫面前。小猫瞅了一眼，却并不领情，转身躲回花丛里去了，似乎它也知道金鱼是被人们嫌弃的。这个女孩长得奇丑，必定也有些不对劲的地方。

小卖店的胖婶到小溪取水做石莲糊，端着一个和腰一样大的红色塑料桶从金鱼边上过去，日头白晃晃的，把她的手臂照得嫩藕一样雪白。她面无表情地盯着金鱼蜡黄的脸问:"我铁饭盒里的零钱是不是你拿的?"金鱼"嗯啊"了一声，似乎没有听清楚她的问话，傻傻地笑了，露出参差不齐的黄牙齿。她还想和胖婶说点什么话的，胖婶已经一扭一扭地下到溪水里去了。

就在前一个傍晚，胖婶放在窗边的铁饭盒里少了六毛钱。她在厨房做饭呢，小卖店的木板窗没合上。过了会儿有人来打酱油，找钱的时候，她发现那个饭盒里的零钞还是整整齐齐地叠在一起，可是少了一张五毛、一张一毛。于是，她的大嗓门就响遍了整个村子，好像要把拿钱的小偷咒到地底下去再也没脸见人。后来，金鱼在村里的冷饮店吃了两毛钱的雪糕，用的是一张五毛的零钞。冷饮店的老板娘一说这事，所有人便都觉得是金鱼拿了胖婶的钱。可是，当着别人的面，胖婶又仁慈起来了，摇摇头说："算了，金鱼这个孩子也真是可怜！"大家都说，近亲是不能结婚生育的，看看金鱼就知道了。

她一直饿。

葡萄落时令了，那片葡萄田依旧绿茵茵的，藤上还结着些后生的小葡萄仔，这些葡萄卖相和味道都差了，农户也不采摘了，都自然熟了烂在地里。金鱼一日好几次往葡萄田里钻，吃得牙齿、嘴唇都绿莹莹的。

某个傍晚，金鱼撞见一对男女在田里约会，那棵藤下簌簌地落了许多青葡萄仔。那女的羞得转过身去了，男的说，不怕，是个智障呢。便恶狠狠地瞪金鱼，金鱼只是傻傻地站着，眼神直直的，也不知道避人。那人火了，又捡了葡萄仔扔金鱼，金鱼还不躲，他便上去扯了她的头发揪到田边去。男人下手重，金鱼不晓得痛似的也不喊叫，只是眼睛更凸了。直到被重重地推倒在田沟里时，才"哎哟"了一声。

以后，金鱼还是往葡萄田里去，直到葡萄藤只剩下光杆子。

这个夏日午后的太阳光有些毒辣起来了，金鱼在桥上又站了一会，还是不知道要往哪里去。

又一个夏天过去后，金鱼就更瘦了。

茉莉的烦恼

茉莉不高兴的时候，打过自己家的狗，邻居家的猫，刘嫂的女儿小敏。

刘嫂的前襟总是湿漉漉的。她在茉莉家的面点作坊里干活，把流水线上的湿面条扎成一捆捆，再丢进箱子，等箱子装满了抱到车上。刘嫂每天笑嘻嘻的，好像没什么烦心事，她的女儿小敏也笑嘻嘻的，两个嘴巴四个眼睛真像是机器里做出来的。她们都管茉莉妈妈叫老板娘。老板娘背地里和老板说："这娘俩那么苦还笑得跟没事人似的，真不知道缺了哪个心眼。"

小敏爸爸带了一家人来浙江务工，三年不到就生了莫名其妙的病死了。刘嫂觉得回老家也没什么生计，就继续留在茉莉家做活。老板娘腾出仓库间边上的小房间给她们住，窗户也没有，白天黑夜都开着灯。

小敏一放学回来就跟着茉莉四处跑，两个人也一起坐到门外的鱼池边写作业。小敏穿着茉莉穿旧了的连衣裙。那条裙子原来是茉莉最喜欢的，精致的白色蕾丝花边绕了脖子一圈，把她装束得美丽优雅，像个骄傲的小公主。大家夸茉莉长得好，眼睛圆溜溜的像一双桂圆核，不像她爸妈，都长了单眼皮小眼睛。这条裙子穿了两个夏天就旧了，奶白色沤成了黄白色，又钩了好几处丝头。茉莉不要的东西都甩在地上，她妈捡起来折折端正，才拿到刘嫂她们住的小房间里。刘嫂每次都不好意思地笑，说："老板娘，你看你又拿东西给小敏了，你们真是好人。我和小敏怎么谢你们才好啊！茉莉对小敏也好，跟亲姐妹似的。”刘嫂恨不得掏出心来感激。

小敏的头发是刘嫂剪的，刀子没磨锋利，好好的学生头剪得有长有短，脖子后面那一圈像是被老鼠啃过似的。这条裙子穿在小敏身上还有些长，脖子也看不见了。她正驼着背伏在桌上写作业。茉莉抬起头来瞟见小敏这姿势，心里就有些不屑：“小敏土死了。小工家的孩子长得也难看。”

茉莉皮肤真白呀！月子里黄疸刚褪就露出了粉红色。她爸高兴地抱着她从村头走到村尾，又从村东走到村西，遇见人就揭开襁褓炫耀一番。老人说这么小的娃娃要少见风，才把他劝回家去。院子里的茉莉开得正好，他想，就叫茉莉吧！茉莉要什么有什么，被他们宠着长大了。

在家的时候，茉莉是常和小敏亲热的，拿到新玩具了，有好吃的东西了，只要她高兴，也会和小敏分享。看着小敏羡慕的眼神，茉莉比得到什么都更满足。一起到外面玩的时候却喜欢走在前面，她怕别的小孩看不起小敏也看不起她，就要和小敏保持些距离，小敏长得瘦小，跟在后面像个小丫鬟。

这天，茉莉是不高兴的。老板的母亲，茉莉的奶奶来了。奶奶不喜欢茉莉，只喜欢她小儿子家的孩子。茉莉叫她的时候，她总是冷冷地“嗯”一声。茉莉母亲说这老人重男轻女呢。茉莉觉得不是，她的小心眼可没那么简单。奶奶和母亲说家里借贷的事，眼神瞟来瞟去，她说那孩子什么什么的。说什么呢？茉莉真恨自己没有个顺风耳。反正不是好话，她心里是清楚的。小叔家的小胖子说自己才是奶奶的亲孙子，茉莉不是，茉莉是作坊一个小工的孩子，那人把茉莉卖给老板了就走了。她才不信呢！小工的孩子会有我这么白吗？茉莉生气地抓破了小胖子的脸。

机器正在和面，刘嫂有空坐下来歇会儿了。她用手背理了理额头上的散发，对着老板的母亲讨好似的笑，老板的母亲就走过去倚在门框边上，笑着和她聊起天来。

茉莉心里恨恨地想：这老太婆原来是会笑的啊！对外人还笑呢，对我就不会笑。想着想着，心里就窝火起来。突然看见对面的小敏，正拿了自己的新橡皮要用，就一把夺了回来，扔到她脸上。眼睛瞪得更圆，恶狠狠地说："你没用过好东西啊，别人的东西说也不说就乱拿，又不是你的，真不要脸。"橡皮擦在小敏额头上弹了一下掉到鱼池里去了，几条小鱼突然窜开，又试探似的游回来。小敏还在发愣，想不明白哪里把茉莉得罪了。她有些尴尬地笑笑说："茉莉姐姐对不起，我真不是故意的，你别生气了。"作坊里的机器声轰隆隆的，把她俩的声音都盖过去了。

茉莉起身要走，小敏也站起来。茉莉还恼着呢，她头也不回地说："你别再跟着我了，真讨厌。"右手不听使唤地推了小敏一把。

鱼池浅浅的，刚到小敏膝盖上，但她的屁股已经坐到水里了。黄绿色的水和水草都溅到了小敏脸上。

桑一家

桑的两条辫子真是粗，拿在手上沉甸甸的。理发师傅有点可惜地说："这好头发留着多好啊！都已经到腰了，等她长到十几岁的时候，长成大姑娘了，这辫子就更吸引人了，挂在屁股上一甩一甩的。做戏的人还到处找这样的头发找不到呢。要不还是再留几年？"

桑抬起头来看了看姆妈，姆妈的眼睛水汪汪的，脸也红扑扑。天那么热，她不停地拿一块黄粉色的手帕擦脖子上的汗珠子，脖子上的细皮被她擦薄了似的也透出一层红。听理发师傅这么说，姆妈拿帕子的手停了停，脸上露出好看的笑。她说："这头发乱蓬蓬的，又卷又缠，一梳头她就喊疼，不剪了怎么了得，那么热，睡觉时头上都出了一层痱子呢。她同学好几个都长虱子了，要是这东西过了来，可就不得了了。还是剪了干净。你就放心剪了吧！"姆妈的声音也好听，桑有些着迷。

从理发店出来，桑的头发就成了学生头，还是卷卷的。街上有人回过头来看桑和她的姆妈。说："这个小孩真有趣，头发卷卷的，眼白清清的，像外国人似的。"另一个人就说："你看看，她妈长的多标致啊！"姆妈被人夸惯了，从不拘谨，仍旧昂着头自然地走路，桑就有些脸红，赶紧小跑几步，走到姆妈前面去。

桑的鼻子嘴巴都大，长得像爸爸。外公外婆常常盯着她看半天，然后叹口气说："长的一点不像秀，没女孩样。"好像桑生得多失败似的。他们只觉得秀好，秀是他们的漂亮女儿。只是，秀长大后翅膀硬了不听话，要自由婚姻，找了个五大三粗的女婿，还是个开大货车的。他们都看不上这个女婿，声音洪亮得像钟，连吃饭都吧唧吧唧的。有时候这声音大得实在不像话了，外公就用筷子头在饭桌上顿几下。女婿会了意也会羞涩，偷偷向秀努努嘴，头埋得更低，菜也夹得更少了。桑见爸爸飞快地把饭扒拉完逃走，她也赶紧放下筷子要逃跑。她知道，爸爸一走，外公外婆就得找她的小毛病了。

外婆果然皱了眉头，她说："桑，你回来！看看你的碗，饭粒粘了那么多，还有桌子，跟落了雪似的。女孩子吃饭要文静，讲多少遍才记住？先收拾干净。"桑于是又拖着脚回去把碗里的饭粒刮干净，连落桌上的饭粒也捡起来吃了。

回家的路上，桑和她爸爸都长长地舒了一口气。

她爸爸一边骑自行车一边回过头去对秀说："憋死我了。饭也没吃饱。秀，回家给我煮碗面呗！"

秀没好气地瞪了他一眼，说："谁让你不改的呢？吃饭的规矩也学不会。自己家里人倒也没事，逢年过节也这样就让大家看笑话了。"

桑坐在前面的横杠上，屁股硌得生疼，她回头看了看爸爸，他就对她吐舌头，桑也吐吐舌头。桑想，我们俩永远是一伙的。果然，她抓紧自行车龙头的时候，车就开始扭动起来了。

石头路本来就颠簸，爸爸还把车子拐来拐去地骑。秀在后座上坐不牢了，她一边尖声骂着，一边抱紧了她男人。

午安，小静

那个天蓝色的吊扇叶子一直在呼呼地转，一只黑色的苍蝇落在父亲那顶凉帽上，提着一条腿在挠痒痒，透明的翅膀被风扇吹得一掀一掀的，凉帽也睡着了吧。小静很困却不敢睡，腿上的伤口火辣辣的，她觉得坐在小竹椅上的屁股也有些酸，从来也没那么酸过。

七岁了，她才四十斤不到。一到刮台风的时候，隔壁那个胖得和水缸一样的婶娘就笑她：小静你快回家躲着吧，台风要把你刮跑了。台风也许真的会把小静刮走，可是小静知道胖婶娘在取笑她的瘦，每次都要拿白眼瞪她，没好气地说：就你不会被刮走，你大腿比我人都粗呢。胖婶娘说：哟，这小人的小嘴巴越来越厉害了，小心钩到树了。脸上却依然笑嘻嘻的。

小静开始坐不住了，低下头就会打瞌睡。那个竹椅子的纹路越来越清晰，每一根竹条都硌到了骨头。可是她还不敢站起来。她望望对面木床上侧躺着的父亲，好像是睡着了，虽然打着很响的呼噜，可是右眼还半睁着。她把身体弯下去，假装系鞋带，顺便挪了挪屁股，竹椅立即发出刺耳的声响。她吓了一跳，马上用眼角的余光扫了扫父亲，见他没有动静，一颗心才落下来。

午后的日头滚烫滚烫的，白晃晃的光线跑到窗帘的隙缝边时，有一些跳了进来，落在房间光溜溜的泥地上，也落了些在小静的腿上，这黑瘦的腿在这个午间新添了许多道伤痕，都是父亲用竹鞭子打的。第一道伤痕飞上去的时候，小静尖叫着哭喊起来，觉得心都缩紧了。只听见祖母在砸门，胖婶娘也在外面喊，她们叫着喊着说不能这么打孩子的，会打出三长两短的，阿云还在天上看着呢。阿云是小静的母亲，两年前生病去世了。父亲没有停的意思，脸上的青筋也露出来了，左手拎着小静，右手拿着竹鞭抽打。小静想躲那鞭子，却逃不开，手腕被捏得紧紧的，只能不停地围着父亲转圈，鞭子落下来她就跳几下。后来的每一下就都不那么疼了，她觉得自己好像到了另一个世界。再后来，父亲终于打累了，小静也没有力气哭了。

这天早上，小静路过河边的时候，见到了那些放进水里的网兜，都用一根绳子牵了拴在河岸上。小静许多次见到那个游手好闲的老七从网兜往外掏鱼，手指大的小鱼也没放过。他还得意地冲小静笑，脸奇怪地扭曲着。见周围没有人，小静走过去把绳子解开，扔进了河里。还有三个没解呢，老七突然从树丛后面跳了出来。他抓住小静的一只手，恶声怪气地说：原来是你这个小鬼头搞的鬼，小小年纪不学好，会搞破坏了。现在被我抓住了吧。你说怎么办吧？小静不吭声，挣扎了下，想把手抽回来，却被捏得更紧了。老七当过兵也干过保安，有一回喝醉酒后被车撞成了瘸子，接着老婆也跑了，他便从此游手好闲，变得越来越奇怪。他俯下身子压低声音对小静说：如果你跟我回家，这次的事情我就原谅你了。小静没有表情地看了看他，又转过头瞅了瞅大路，突然一脚踩在他的那条好腿上。老七疼得跳起来，放开了手。小静兔子似的跑远了。

祖母的小屋还是和往常一样黑暗，一小束光线正从屋顶的玻璃瓦漏进来，带着灰尘落在小饭桌上。祖母又说小静把筷子拿高了，这是想嫁到天涯海角去呢！拿低点，再低点！小静正笑着把一口饭扒到嘴里，父亲瞪着眼珠子进来了。小静有些害怕，看看祖母，想躲到她背后去，却没有动。祖母问：你田里的活干完了？快吃饭吧！父亲不说话，把他母亲推到了门外。小静知道父亲要教训她了，心里明白是老七在捣鬼，却一句话也不愿意说。母亲还在的时候，父亲是从来不打她的。

累了的父亲要午睡了，气还没有消，让小静搬了小椅子坐在床对面。小静就那样坐着，坐着。

小静自己也忘了她是怎么从那屋里出来的了。她走过祖母虚掩着的木门时，听到她在长长地叹息，走过没砌井栏的水井时，听到青蛙蹦到水里扑通扑通响，走到柚子林时，突然一切都安静了，飞机从头顶开过去的轰鸣声也顺风顺耳。

那里的树下铺满了一种叫婆婆纳的小草，每个早晨醒来的时候，那些蓝色的小花都会顶着露水微笑，仿佛刚掬了一把清水洗脸。到了下午，她们悄悄地合上笑脸，也许快乐的时光都已过完。

小静刚躺下去，那些草叶便围了过来，吵吵闹闹地挤到一起，然后突然安静下来，用她们柔软的枝叶抚摸着小静的身体。她们摸到了那些红肿的伤口，轻轻地嘘口气，便不疼了。她们又摸到了小静乌黑的短发，轻轻地从里面挑拣出虱子……

小静转了下身，熟熟地睡着了。

小勇

还没拜完岁，小勇的新裤子就在地上磨出了洞。他妈从一件旧牛仔服上剪下一块，一边补着一边骂小勇："你天天在外面摸地的啊！这么厚的裤子也磨破了。你还有什么好穿？铁皮做的也不耐你穿的。这么一堆烂纸板有什么用？你当饭吃好了。看你爸回来不打你。"用牙齿咬下线头，看看刚补上的那块，觉得另一条裤腿膝盖那里也薄了，便又剪了一块下来，垫在里面缝上。话说了那么多，见小勇没有反应，就停下来瞟几眼，又拿针尖在头发上擦几下，好像这样就能把针磨得锋利了。"你别装没听到，作业也还不做，看你到边上抱佛脚去。老师说，你作业簿再弄丢就不用去上学了。我看就是你拿去折纸板了。不用上学也好，跟你爸去种田……"

小勇穿着一条同样打了补丁的旧裤子盘腿坐在地上，乱蓬蓬的大脑袋快弯到地上了，正往两个鞋盒子里数纸板，他妈说的话从他左耳朵进去又从右耳朵出来。纸板是从旧报纸或者书本作业簿里撕下纸来折成的，方方正正的一块，把别人的拍翻了，别人那块就归自己了。这个游戏从寒假开始玩的，一直到过完年，小勇和他的伙伴们都还乐此不疲。两个鞋盒子都装得满满的了，小勇满意地笑笑，站起来把它们搬到楼梯下的暗间里去，那里还藏了他的几盒子纸板，一糖罐玻璃珠，几个烂了橡皮筋的弹弓。上个学期班主任来家访后，小勇的玩具被他爸大扫荡了一遍，差不多都扔灶膛里烧了。小勇总结了下，觉得东西要分散放，而且要隐蔽，于是就东藏一堆西藏一堆了。

那天，班主任瞥见小勇家的长板凳上粘着黄色的饭粒，好像是很久以前了的，就没坐下来说话，只是站在门口亮堂的地方，摸着小勇的头说:“小勇这孩子聪明倒是很聪明的，只是懒，没有心思学习。还要多管管，用功点就好了。”小勇不紧张，倒是他爸紧张得不知道怎么办了，只是一个劲地说:“老师你要多管教，该打该骂的你不要客气。”

老师一走，他爸就一个巴掌拍在了小勇的后脑勺。小勇被打得往前踉跄了好几步，也只是低着头摸了摸脑袋，他已经很习惯这个动作了。老爸觉着自己吃了没文化的苦，已经在田地里讨饭了一辈子，怎么也得让儿子读好书长长出息，没想他竟是那么不争气的。要不是担子挑得肩膀痛，这小兔崽子肯定还得挨一顿揍。

母亲还在做晚饭的时候，小勇他爸从番薯窖回来了。小勇一听脚步声就赶紧跑出去，帮他爸接下两头沉甸甸的担子，又熟练地挑拣，在地上分成两堆，一堆表面光滑圆溜的是拿去卖的，另一堆长相不好的，是刨丝了做番薯干的。小勇他爸扶着扁担歇了口气，看着小勇的大脑袋，心里在想:番薯地里难道真的长不出好白菜?

小雨家的谷仓

下午三点多，天就暗了，风渐渐大起来。院子里的文旦树开始摇晃，一会儿摇到东，一会儿摇到西，突然，又整个竖起来，像天空中有股力量要把树拔起来似的。大雨扑下来，在厚油布薄膜遮住的窗户上泼出一阵噼啪声，声音特别吵，小雨的汗毛跟着那阵风雨竖起来。

奶奶在屋里喊："小雨，快进来，风要把你刮走了。"奶奶的大嗓门被风雨吹得小声了，又飘远了。小雨把额上淋湿的刘海往两边扒了扒，她站在门檐下看着穿了黑色雨衣的父亲在窗户上钉木板，再钉两个就好了。每年台风季的时候，这个木板就从积满灰尘的阁楼上搬下来，钉到窗户上遮风挡雨。如果没有这个木板会怎么样呢？母亲一边拿脸盆接雨水，一边不耐烦地跟小雨说："你快进来，快进来，看看，人都淋湿了。"

小雨看了看屋子，两层高的小楼已经很旧了。黄泥墙有了大大小小的裂缝，露出里面的大石头，石头还是结实的，就怕雨水把泥冲开，石头也跟着塌。爷爷抬头看了看天空的乌云，这风刮得异样，恐怕来头不对，他也担心地看了看屋子。

前几天，小雨做作业不专心，写几个字就用笔头搔搔头发，后来，看见边上的墙有个小洞，她又拿笔去抠，一些泥屑纷纷落到桌上，落到作业本上。她怕妈妈看见，赶紧拿嘴吹了吹，飞快地把笔头也擦干净了。但母亲还是看见了，她从绣花架上抬起头说："小雨，你干吗？快写字。墙都被你挖成千坑百洼了，再挖下去，房子也要塌了，看你住哪去！"

台风来了，全家都紧张房子要塌。台风每年都刮好几次，运气不好，损失就更惨重了。所以，每次刮台风，大家心里都存着侥幸，祈祷能幸运躲过一劫。

父亲钉完窗户，全身湿漉漉就进来了。门打开后，卷进来许多碎树叶，还有几个文旦的青果子滚到了门口。父亲说："看样子夜里不好过了。"他跟爷爷奶奶说："你们赶紧收拾下，我送你们去大哥家躲躲，他家房子新，比这里安全。"

爷爷说："风雨大起来了，现在也不好出门，要不把谷仓理理，晚上就在里面挤挤吧。"大家看了看谷仓，都觉得爷爷的主意不错。

谷仓理出来了，就在楼梯下面，长度刚好够大人的身高。里面其实也没什么东西，家里不种稻谷，谷仓就当个小杂物间用，囤着的米面，冬天用的棉被，都放在里面，过年过节时准备的食物，还有不让小雨偷吃的零食，也在里面放着。棉被折起来放到最里面，米面也堆到上头，爷爷奶奶进去试了试，按他俩的个子也不算挤，但看来看去，只能躺下两个人，再加个小雨。小雨挤在爷爷奶奶中间，觉得谷仓里热烘烘的，还有一股子霉味。

爷爷奶奶跟小雨的爸爸妈妈说："你们也进来吧！"已经很挤了，要么就一家子都到里面坐着，可是坐着等天亮多难熬啊！

父亲等他们进去后，就把谷仓的门板装回去了，只留下最上面的那格。父亲说："我们再看看情况，如果夜里风再大起来，这个谷仓也不行的。"

小小的谷仓伸手不见五指，却隔开了许多狂躁的风雨声，但小雨听得真真的，父亲不断去检查门窗，雨衣也没有脱下，走路时一阵阵窸窣声。门窗被风吹得咿呀直响，他还去把一个被风掀起来的木板重新钉了钉，母亲则没有声响地把接满雨水的脸盆清空又换上。

谷仓里的潮气重了起来，小雨不知道什么时候在奶奶的手臂上睡着了，睡得沉沉的。

晓晓的牙

先是右边的槽牙缺了一个角。

晓晓对着镜子“咿咿啊啊”张嘴看牙齿的时候，姆妈端了洗脸水走过来，把水洒到门外的菜园里。菜园里种了一垄包心菜，一垄韭菜，还有一长溜的西红柿，西红柿来不及红熟就被摘光了，青皮的西红柿蛋花汤酸溜溜的，晓晓一口都不喝，她总觉得那汤里面有姆妈雪花膏的味道。

晓晓对姆妈说：“我的牙齿烂了。”她用右手的两个手指撑着嘴巴，想把牙齿亮出来，这样，说话声就含糊了。

姆妈顾着自己忙碌，没有听清楚晓晓说什么，她就追出去，拉住姆妈的衣角，把脸仰得高高的，又用手指指自己的坏牙。太阳底下有些晃眼，姆妈托住晓晓的下巴仔细地瞧了瞧，终于看见了那个缺一角的牙齿，黑乎乎的，已经酥烂了。她喊屋里的婆婆：“妈，你来看看晓晓的牙齿。”

晓晓的祖母小时候缠足，后来又放开了，脚还是小，走路一拐一拐的，她还穿自己缝的盘扣的衫子，全身上下透着古老气。她骂晓晓：“让你偷糖吃，牙都吃烂了还要吃，嘴还要馋不？”祖母瘦得皮包骨头，两只手却还很有劲，她也托着晓晓的下巴在太阳光下仔细地瞧了瞧，晓晓有点不舒服，扭了扭头，又马上被她纠正了。

看完以后，她肯定地对晓晓姆妈说：“没事的，小孩子以后换牙了就好了。”

姆妈一颗心落了地。过了几天，晓晓又说牙齿难受，她就说："没事的，小孩子以后换换牙就好了。"

那天早上，晓晓一睡醒就觉得舌头顶到了一个尖尖的东西，一舔还硌得舌头麻麻的生疼。用手指探了探，牙齿里面又长了一颗牙。她赶紧跑去给姆妈看。

姆妈看了下，"呀"了一声。晓晓长出了双排牙。

祖母教晓晓使劲地用手摇双排牙外面的那颗，原来的乳牙摇落了，里面的牙就能长正了。祖母说："上排的牙掉了，就埋葱地里，下排的掉了，就往屋顶上扔，扔的时候记住要两脚并拢。"于是，晓晓就不分白天黑夜，一闲下来就用手掰着牙齿摇。孩子们在荡秋千，还没轮到她，她就靠在树干上摇牙齿，跳皮筋的空当，她也在摇牙齿。伙伴们笑她："你别把牙齿都摇掉了哦！"她羞羞地笑笑，还是接着摇。

那颗牙晃来晃去摇了十来天也没有掉，里面的牙齿却长出来了一半。姆妈终于急了，用花线绑了牙齿用力扯了下来，晓晓吐了满口的血腥，脸都痛白了。

晓晓是真的白，太阳底下那么晒也没脱层皮。

大人们在晒谷场里乘凉，看着晓晓她们一群孩子跑来跑去的，就议论她的白，她家里三代人都没有这样的皮肤，就取笑晓晓姆妈在医院抱错了孩子。晓晓姆妈也羞羞地笑，说："晓晓牙不好，挑食，营养不良呢！"

双排牙拔掉了，牙齿还是不整齐，蛀牙又作怪了，疼得晓晓在床上打起滚来。滚累了，她就捂着脸躺在姆妈的大腿上，眼泪水一闪一闪的，一句话都不想说了。

一对表姐妹

扯来扯去，链子断了。

伶伶、俐俐是表姐妹，挂表是伶伶的爸爸，也就是俐俐的舅舅买的。一个圆圆的电子表拴在一条银白色的链子上，像一条漂亮的毛衣链。正在玩开小店卖糖果的游戏，俐俐总是不专心，总要瞅着那个挂表出神。两姐妹好在兴头上，伶伶就把挂表从脖子上取下来借给了俐俐。

伶伶说："就给你戴一会儿的哦！"

俐俐说："嗯，就一会儿。"

俐俐的爷爷来叫两个人吃午饭，俐俐拿着挂表得意地在她爷爷眼前晃了晃，说现在是11点，她们还得玩半小时。爷爷还特意叮嘱伶伶："你是姐姐，要让着俐俐哦。早点来吃饭。"伶伶就比俐俐大了六个月，却高出半个头。俐俐的爷爷说："我们俐俐嗓子可细了，吃惯了鱼肉，青菜吞不下。女孩子小个点有什么关系？聪明伶俐就好了。"俐俐全家都宠她，要什么有什么，不给就哭，哭得爷爷奶奶心都化了，跑前跑后地哄。这么宠下去，人都快宠坏了。

过了半小时又多几分，两姐妹还没有去吃饭。俐俐爷爷坐不住，跑到院子里一看，两个人正扭成一团在沙地里滚着。天气热，院子里上午才洒了水，还没干透。两个人在地上一滚，沙子就结了团粘在了身上，脸上，头发上，黏糊糊的。

爷爷赶紧把两个人掰开，从地上拉起俐俐，又是擦又是拍的，想把她身上的沙子抖落下去，一边说："我的小姑奶奶呀，你们怎么打起架来了！这可怎么得了啊！看看你们身上，脏的什么似的。等会他们回来可怎么交代呀！”又批评伶伶：“你这个姐姐怎么当的？也不知道让着妹妹。把俐俐压坏了怎么办？她身子骨细，大腿也没你胳膊粗呢！”爷爷也烦着呢，两个人待了一天半，就打第二架了，这个寒假那么长，可怎么过呀！

俐俐被擦着拍着，眼泪水就止不住了，先是憋着似的啜泣，然后突然拉长，像远处海上的汽笛鸣响，尖嗓子突然亮出来。

伶伶才不理他们呢，她还坐在地上，仔细地看了看扯断的表链子，确定自己是接不上去的，才狠狠地瞟了一眼还在哭闹的俐俐，把表放进口袋里，又慢吞吞地把鞋带子系紧。伶伶也不想理俐俐的爷爷了，他就知道哄自己的孙女。

她回房间去的时候，俐俐堵着门，红着眼睛对她喊：“你不要待在我家里了，你也不要从我家门前走。你不是我姐姐了。我不高兴看见你了。我的床不让你睡，我的桌子也不让你用，玩具不给你玩，什么都跟你没关系了。”

俐俐的爷爷赶紧把俐俐拉开，说：“这个小人真不懂事，俐俐你怎么能这么说话呢？快让开。你们一起去洗洗，好吃饭了。”

气还没有消怎么吃得下饭啊！

伶伶也恼了。她说：“你先赔我的表。我的玩具和衣服你都拿来还给我。我才不喜欢进你家的门呢！我自己会回家。我家里一起玩的小朋友多的是。谁要稀罕你？我也不稀罕和你们做亲戚。”

俐俐觉得自己没吵赢，又想扑过去打伶伶，被她爷爷抱住，哄到别的屋子里去了。伶伶气冲冲地跑房间里收拾了自己的行李，准备回家去。这里和自己家隔了好长一段海路呢！想想刚才的事真是委屈死了，可是码头是认识的，坐哪个轮渡就不知道了。伶伶想到回家的路，脚步沉起来，心里一点底也没有了。

还好，伶伶走到院子里的时候，俐俐的爷爷追出来了。

他说："伶伶你这是要干吗去呀？你们这两个小人真是要把我气死了。都这么不懂事的。你要是走丢了，我们去哪里找。快回去快回去。要回家也要让你爸妈来接啊！这么远的路，一个人怎么好回去呢？"他一用劲，就把伶伶手上的包给扯了过来。

吃午饭的时候，伶伶俐俐面对面，不再挨着坐了，偶尔对视一眼，就听到俐俐轻轻地哼了一声。

伶伶也故意别过头去看窗外，心里想：我包里还有玩具没拿出来呢，你等会可别求着跟我好。

一种病

小波接了他奶奶塞过来的一块白米糕，刚转身，便丢进了小石溪。几只鸭子扑过去抢，嘎嘎叫得欢乐。

他奶奶驼着背走进小黑屋后，又把门掩上了。

突然有一天，那个小黑屋的木窗板不再卸掉，孩子们就有些不习惯。他们走到边上看见那扇门打开着，就想探头往里面瞧瞧，但是里面黑乎乎的，什么都看不见，也见不到那个大柜台了。

小波奶奶咳着去屋后的地里割菜，又咳着去小石溪里洗菜。看见孩子们围在屋前，干涩的眼神里流淌出满满的爱意。这眼神太奇怪了，小波是她亲孙子，她也从来没这么瞧过他。

小波装得有些神秘的样子对小伙伴们说："她的咳嗽就是一种毛病。那么多年了，还在咳。我妈说是肺结核，会传染的。我都不敢进她的小屋了。"小波妈说："那人的东西吃不得，你要是再贪吃，吃死了可没人管你。你耳朵有没有长在脑袋上？"

小伙伴们听懂了似的"噢"了一声，心里各自捶起了小锣鼓。

小黑屋有个大窗户，卸掉木板后屋子就透亮了。以前，窗户里有张大柜台，柜台上放着几个糖罐，墙上钉着一叠白色塑料袋，一毛钱换一小袋香喷喷的小糕干。小波奶奶是个老花眼，把一毛钱摊开照了照才放到抽屉的一个大饭盒里。她先把大拇指放舌头上舔湿了再去墙上扯一个塑料袋下来，又从糖罐里倒一把小糕干到袋子里，有几根漏在柜台上了，便赶紧用手指头掇回到袋子里。一毛钱还能买五颗水果硬糖。

糖纸有红有绿，玲玲每次都要三块红的两块绿的，有一次是三块绿的，她就叫起来，阿婆，错了错了。小波站在柜台旁，乘着奶奶和玲玲在计较，抓起那把糖就跑。奶奶跺着小脚，挨着柜台下的酒雕，把身子撑出窗子骂："你这个小畜生，没大人教的啊！下次让我捉住看我怎么打你。"

小波坐在溪边的石栏上吃着糖晒太阳，玲玲走过去的时候，他露出两个大虎牙笑得很开心。玲玲说："你奶奶怎么那么凶？"

小波说："她有病的。那么小气，还天天和我妈吵架。小店里的东西坏了都不舍得给我们。"小波说话时脸红扑扑的，玲玲就看着他。玲玲想，人老了后脸上怎么会有那么多的皱纹呢？

不久，小波妈妈的小店开张了。

小波光明正大地偷吃，他妈也骂他："你不偷吃会饿死啊？讨债鬼，怎么吃不饱的啊！"

长不大的明

明坐在后桌，偷偷把晓的辫子压到他的笔盒下。晓一甩头，笔盒就哐当一声掉在地上。全班同学都回过头来看热闹，嗤嗤的笑声由小变大。晓恼怒地回头看了一眼明的细眼睛，自己的眼圈却立即红了。

林老师在讲台上敲了敲黑板擦，大家便静下来，晓却撕心裂肺般地哭了起来。林老师走过来弯着身子拍了拍晓的肩膀，说："先不要哭了。有事等会下课了再说！"晓还是哭，趴在桌子上哭得更委屈，眼泪水把袖子都浸湿了。林老师只好把晓拉起来，哄着她去了办公室。

教师办公室在二楼，旁边是一个实验室。实验室的窗帘半开着，里面的一个人骨架子白森森的，晓赶快转过脸去，紧了紧脚步。晓还在哽咽着，林老师摸着她的头说："你在这里先待会吧，我上完课再过来。"

办公室里还有几个老师坐着，都看着晓。林老师就说："唉，明又捣蛋。"老师们也都愤愤不平起来，说："这个孩子还真是个老大难，刚骨折休息好回来就砸碎了教室玻璃，还领着几个小跟班打了一年级的新学生……"晓委屈地看了看他们，又用袖子擦了擦自己的眼泪，她是真想把明做的坏事一件件都数出来。

林老师把晓留下来，自己又去上课了。

过了一会儿，林老师两只手各端个大饭盒进了办公室。晓见他回过头看了看门口，不急不慢地说了句"进来吧！"明才低着脑袋走进来，靠着门，站着不动了。林老师把一个饭盒里的饭菜分了一半到搪瓷碗里，又叫明过来。明在墙壁上蹭了蹭后背，细眼睛偷偷瞟了一眼林老师，见他没有生气要批评他的意思，才走到桌边，端了搪瓷碗吃饭。晓轻轻哼了一声，拿了饭盒背过身子去。

饭吃好的时候，晓瞧见明的碗里还剩了一大半的饭，就不满地看了看林老师，可林老师也没有要批评的意思，只是领着他俩去水池边洗了饭盒和碗。走过操场的时候，几个正在玩闹的同学对着他俩挤眉弄眼，晓就故意往天上看，把下巴翘得高高的。

再回到办公室，林老师才问："明，你说说，刚才上课的时候你在干什么？"

一向耀武扬威的明结巴起来，声音快低到地上了，他说："老师，我错了，我以后改。我和晓闹着玩的。"

晓突然发现，一向爱尖着嗓子命令这个命令那个的明其实有一副女孩一样的细嗓子，脸也白净得不像话。她就有些妒忌。她和林老师说："我再也不要坐他前面了，他没一会儿老实，我的头发被他扯了好多。课本也被他换了，他的旧课本里掉了一页，我就知道是他的，他还不承认。他上午被李老师缴了的卷笔刀是我的，他还在我们桌子里放虫子……"晓说着又想哭。

林老师心平气和地听着，一会儿看看晓，一会儿又看看明。晓说得激动的时候，明的细眼睛却狡猾地在办公室里瞅来瞅去。林老师也拍了拍明的脑袋，似乎比摸晓的脑袋还轻些。听两个人的话都说完，林老师让他俩先回去，又叮嘱明不要再欺负同学了。晓觉得明没有得到应有的惩罚，可是她也不知道应该把他怎么样。

明上课的时候还是吵，欺负边上的同学，还是去办公室吃林老师打的午饭，还是剩下一大半。

过了几天，明没有来学校。晓还是觉得背后有人在玩她头发似的，想突然回过头去把他抓个现形。可是明一直没有出现，大家都不知道他去哪了。林老师只是笑笑问："你们想他了？回来了可不要再来告状哦！"

明真的没有来上学了，晓的后面坐了别的高个子同学。

又过了好些年，晓在路上看见明坐在他爸的自行车后座上从她身边经过。明还是好几年前的那个样子，有张白净得可怕的脸，细细的小眼睛，腿却萎缩着。

摘橘脑

橘树刚抽脑的时候，爸爸命令小玲姐弟戴上大草帽跟他去橘园。弟弟刚挨过打，他在游戏厅被爸爸找回来，作业没做，自行车还丢了一个铃铛。他爸边打他边生气，其实是气极了才打他的，他说："我辛辛苦苦供你读书，你倒好，花钱去打游戏，你要不争气，就跟我一样当农民好了。"

"当农民好啊，天天不用写作业。"弟弟一边哭，一边还顶嘴。

爸爸就更气了："好，好，你们都别读书了，当农民去吧。"爸爸没书念才当了农民，他这辈子没希望了，就想着儿女别吃自己的苦，可是，他们怎么就不明白呢！

爸爸说："你俩不好好读书，就跟我一样做农民吧。"

太阳那么晒，妈就有些心疼，她说："还是算了吧，作业还没做，明天老师又要骂了。摘橘脑的事情还是我去吧。"

橘园挺大的，有一亩七分地呢。橘脑就是橘树刚长出的嫩芽。小玲家的橘树是晚橘，八九月才开花，花朵就开在这些橘脑上。季节到了，橘树吸足了营养疯一样地生长，但橘树长高了是不好的，树越高开花就越少，摘果子也不方便。所以，要在橘脑开花前筛选掉一部分。

橘园收拾得很整齐，排水沟平平整整，分割出泾渭分明的图案，水沟里密密麻麻都是荔枝那么大的田螺。

听完爸的交代后，小玲认认真真开始干活了。

橘脑是嫩绿的，在枝头顶着个小脑袋。小玲有些舍不得，那么可爱的样子，怎么能摘掉呢？这也是生命啊！可是爸爸说了，不选掉那些多余的，橘子就没收成了。爸爸种的是晚橘，他有些后悔，早橘上市早，价格更高呢。但爸爸说的有些道理的，他说，这橘脑也跟人一样，好的留在树上开花结果，不好的，就只能摘掉落土里当肥料。爸爸说这句话的时候，还特意看了看杰。爸爸走过的橘地上已经铺了好多嫩绿的橘脑，小玲才刚摘完第一棵。她看来看去，就是不好下手，于是就摘些老点的橘脑，这些橘脑已经长成了叶子，有点生硬，才摘了几根，手指甲就有些疼了，于是，小玲就用手揪，揪一根就重重地扔地上，好像要扔出个响动心里才会满意。小玲有点恼，都是杰害的，如果不是他不听话，怎么会来摘橘脑呢！这时候，肯定是在家跷着脚看电视吃冰棍的嘛。现在倒好，她在摘橘脑，杰不知道溜哪去了。

太阳太晒了，小玲蹲下来喝了几口水，又瞄了瞄树底下有没有杰的脚，但看来看去就是没有。于是，她就轻轻地喊起来："杰！杰！"

杰不知道去哪了，没有回答。

小玲就有点怕，边上有个水塘呢！橘地里的水就是从那里灌过来的。水塘边长了高高矮矮的野草，大人说底下有水鬼，小孩别过去，水鬼是长头发长毛的，手脚都落在地上，像个怪兽，有人下了水，它就拖人往底下钻，有力气也上不来了。是真的吗？小玲想着，就更怕了。

"杰，你快过来。"她有点急了。

已经走到橘子地另一头的爸爸听到小玲的声音，便粗着喉咙问："怎么了？"

小玲正要回答，杰不知道从哪里突然钻出来了。小玲瞪了一眼杰，杰也瞪了一眼小玲，好像她把他出卖了似的。

爸走过来看了看两个人摘的橘脑，揪了几根在高处的，摇摇头又走了。他想：唉，这两个孩子还真是让人操心啊！

杰见爸爸走远了，又要溜。小玲就叫他："杰，你别走那边去，那里有个水塘呢！"杰听了就朝她顽皮地笑笑，他说："我不走远。"杰找了个爸看不见的地方蹲下来，在水沟里找起了什么。他看见一条小鱼在沟里快速地游过去，尾巴打起一阵泥浆。

小玲不时抬头看天空。太阳太晒了，那些云朵总在离太阳一个手臂远的地方，好像要飘到太阳那里似的。小玲想，这下可以凉快点了，它们却又从边上飘过去了，还淘气地变幻出个奇怪的样子取笑小玲。小玲用手背在额头擦擦汗，压低帽檐，又摘起了橘脑。但小玲还是不时看着天空，希望乌云飞过来挡住太阳。但杰不怕热，他一直钻在树底下玩水沟里的泥鳅。

要走的时候，小玲才发现，杰已经在树底下睡着了，草帽枕在头下。

水草

草叶柔软地绕在我的手指上时，我想起了鬼子被水草纠缠的脖子。

那是发生在我出疹子以后的事。因为那些可恶的红疙瘩，我不得不被我妈关在家里。我趴在二楼的窗台上，膝盖下垫了一张红漆的大板凳，哼着歌，远远地驱赶着一抹抹刚刚播种的绿色，延展着进入我的视野。刚下过雨，屋前凹凸狭窄的土路上，积攒了许多浑浊的水洼，明晃晃地闪着光，似乎很富有。播种时不小心遗落在路面上的谷子，这会儿却移居到了路旁，并已经冒了尖尖的翠色，看上去像一个癞子的头顶周围生长出一圈绿色的绒毛。灰黑色的没见过世面的小牛蛙，纷纷从田野水沟里蹦了出来，在土路中间聚会，集体庆祝它们的诞生，也许还会商量一些有关家族生存繁殖的重要问题。

农忙时节刚刚过去，田野里已经很少见到有人扛着把铁锨，在田埂上走动的身影了，人们又去忙其他的事情了，大人们总是有忙不完的事情。

我爸推着自行车走到土路上，抬起头看了我一眼，就马上别过头去看我妈了。早晨湿湿的空气里，有股青绿的禾苗味道，嫩嫩的香甜。我爸呼吸时，鼻翼掀动的幅度很夸张，似乎要把全世界的空气都吸到他的肚子里，这显得很可笑。

我妈这时正在锁门，一件黄色的旧雨衣夹在她左边的胳膊底下，右边的肩膀上挎了个米色的皮包，人工烫成的卷发，弯弯地披在肩上。那把老锁上已经长了许多铁锈，所以，我妈对付得很吃力，但她还是把它给锁上了，完了，还长长地呼了一口气，似乎上一把锁就使完了她浑身的劲。上完锁后，我妈一扭一扭地向我爸走去。路上很泥泞，她那双刚买不久的高跟鞋一只高一只低地在水洼间躲躲闪闪，一些黑色的小泥沫和一些黄色的小水珠，很不客气地蹦上了她用黑人牌洗衣粉漂洗过许多回的白色长裤和米色衬衫。

走到我爸跟前时，她咕咕哝哝地抱怨了几句。我爸的两只手正支撑在他那辆凤凰牌老爷车上，白衬衫的纽扣一直扣到领口最上排的那一颗。我爸的头发很短，脑袋很小，看上去像一朵从不透风的薄膜袋里冒出来的香菇。我爸对我妈的抱怨并不在意，只是专注地凝视着远方，那里正走着一些无关紧要的人。

老爷车"咔咔啦啦"地响着，我妈坐在后座上，吃力地把两只脚高高地跷起，悬在水洼上空，怀里抱着那件黄色的雨衣。车轮从水洼上碾过时，溅起一排排美丽的水花。聚会的牛蛙，纷纷又从路面散开，蹦回到了稻田里，神情很不高兴，似乎那辆铁锈重重的老爷车确实非常的可恶。那些由远走近的无关紧要的人看见老爷车骑过去，也怕溅到泥水，就停下来避到路边上，点着头和我爸打招呼。我爸微笑着点一下头，马上又专心地骑车了，装作很费劲的样子踩着脚踏板。他的鞋底似乎有一股力量正紧紧地抓着脚踏板，要把车在这条坑洼的土路上骑得稳稳当当的。

我就这样趴在窗台上，看着他俩颠颠簸簸地在那条泥泞的土路上慢慢变小，变成一个模糊的影子，向着我看不见的地方而去。

现在，我开始考虑自己该如何度过这一天了。

我走到穿衣镜前，把脸凑上去，睁大眼睛观察脸上的那些红色疱疹。我出疹子已经十天了，那些红色的小疙瘩基本上已经结痂了，摸上去有硬硬的一层壳状物。然后，我又去开了一下食品柜，里面有几包饼干和几瓶牛奶，还有一个蛋糕和一些奶糖。我想了一下，拿了一包蛋黄小饼干，连柜子的门也没关，就又回到窗台那里了。

路上这时已经没有行人了，只留下一道弯弯曲曲的自行车辙和几个凌乱的脚印，水洼里的水在颤动，泛起一层黑灰色的泥浆，似乎正在进入一个迷梦。稻田明丽地铺在我眼里，从二楼的高度望去斜斜的，风吹着，像绿水在滑动。

我打开包装袋，捡出一片饼干扔到空中，昂起头用嘴巴去接。饼干在空中滑了个优美的弧线后，准确地落进了我的嘴巴，空气中因而响起了一阵清脆的"嚓嚓"声……

风呼呼地吹着，我的头发松松地蓬了起来，别在两只耳朵上方的有两个红色圆球的发夹，滑落在木地板上，发出了闷闷的轻响。积木零乱地散放在地板上，红红绿绿的一大堆。刚建好的一座城堡，被我挪凳子时不小心踢翻了，有几只圆柱顺势滑进了柜子和床的底下。家具都是陈旧的粗重家伙，紫红色的漆上雕花刻草，还嵌着模糊不清的镜片和锈迹斑斑的铁锁，一碰就咿咿呀呀地叫唤。我没有去捡积木，我知道，到了月底，我妈又会从那些陈年的旮旮旯旯里，打扫出一大堆布满灰尘和蜘蛛网的积木和一些缺胳膊少腿的小玩具来。我边吃饼干边含糊不清地哼着一些自己也不懂的小调，根本不去管自己的头发已经像一团旧棉花一样杂乱了。这个季节显现出极度莫名的冷淡，我被关在家里的阁楼上，过着与鸟笼有关的生活。

鬼子来找我的时候，我已经趴在窗台上睡着了。我听到一个很清晰的声音在楼下响起，尾音拖得极长——"小丫，小丫——"

我揉着眼睛把头从窗口探了出去。鬼子正站在屋旁的那条土路上，只穿了一条深蓝色的短裤，套着棕色塑料凉鞋的脚，有一只踩在了水洼里，上身光着，白衬衣卷成一团拿在手上，脖子上却系着一条鲜艳的红领巾。红殷殷的颜色没有生气地耷拉在他那干瘪、瘦小，骨痕累累的胸膛上，很夺目。我有些生气，不高兴地问："你怎么还不把红领巾还给我呢？弄得脏兮兮的我就不要了，你得还新的给我才行。"

红领巾是鬼子在我出疹子之前借去的。

鬼子嫌女孩子小气，从不跟女孩子借东西。他脸都涨得通红了，也没好意思跟我说借。我正收拾书包准备回家呢，他从背后一把扯掉了我的红领巾，头发都扯到了。我扭过头生气地瞪他，眼泪在眼眶里转来转去：“你干什么呀？”

他有点难为情，却马上装作不在乎的样子，翘着头说：“不就是条红领巾嘛，有什么了不起的。过两天还你吧！”说完了就要走。

我的头皮还在生疼呢，我拦住他，说：“不行，我上学要带的，你这两天弄脏弄丢了，我周一就不能戴了。老师会批评我的。”

鬼子不理我，双手撑在桌子上跳了出去，还冲恼火的我做了个鬼脸。

我差不多要哭起来了，他却又折回来，从书包里取出他的《安徒生童话》放到我的手上。他的书包里，只有这本书的纸张是不卷边的，这是他妈妈去年送他的生日礼物。明天又是他的生日了，他想在他妈妈来看他的时候好好表现一番，穿上白衬衫，戴上红领巾不就是一个乖小孩了嘛！

鬼子他爸做香菇生意，隔三岔五进一趟山，收了鲜的收干的。有一天收货收得晚了，开拖拉机的说：“天都黑了，我们在农户家将就一夜，明天一早起来再赶路吧！”鬼子他爸一心惦记着车里的香菇，就说：“路那么熟了，怕什么？还是早点回去吧。早的话还能赶镇上的早市多赚点。”于是便连夜出发了。

山路那么弯，驾驶员提着心开了一段路后，眼皮就不听使唤了。鬼子他爸靠着香菇筐在车上一颠一颠的，没多久也睡着了。拖拉机后来开出路基滚到了山里，枝枝丫丫在他身上划拉出很多道血口子，但已经不疼了。

鬼子妈妈带着儿子在娘家住了大半年后，改嫁去了镇上，又生了个女儿。鬼子被留下来和他姥爷一起生活。

姥爷老了，还能钓鱼，他成天背着鱼篓，提着钓竿，带着鬼子在小河边转悠。鬼子最喜欢玩水，一遇到水就变机灵了，像鱼一样游得快活。因为水性好，大家就不叫他张大胜，全叫他鬼子。天热时，姥爷坐在岸上钓鱼，鬼子就跳到河里摸鱼，总能摸到几条。

爷孙俩蹲在村口卖鱼，过路的人就停下来揭开鱼篓瞧瞧里面有什么，或者和鬼子玩笑几句。有个人问："鬼子，你怎么没摸个小王八上来？"鬼子就咧着嘴说："王八都上岸了，在路上打着灯笼呢？"那人瞧瞧自己手里，正捏个手电筒要进番薯窖，就骂鬼子是正宗的小兔崽子。爷孙俩总是笑嘻嘻的。

两年前姥爷突然去世了。鬼子住到舅舅家后就不爱笑了，大人说往东他偏往西，于是就老挨骂，有时也被重重地敲一下头。鬼子顽皮捣蛋，坏孩子爱干的事情全干了，变成了讨人嫌的鬼子。我妈就老是批评我说："我今天又看到你和鬼子在一起玩了，你一个女孩子应该文文静静的，怎么可以和这么野的小孩一起乱跑呢？疯得没样子了。"

可是，鬼子真的是个很好玩的人。

教室是三间很简陋的土房子，我坐在其中的一间里。木格子的窗子上没有玻璃，风自由地穿梭于我的颈项之间。我坐在那个临窗的位子上，窗外一棵巨大的野栗树"噼噼啪啪"地往下落着坚硬的果实，偶尔也有一些坚果不经意地穿过木格子的窗，蹦到我的课桌上来，还打着滚……

那天上的是一节语文课，讲台上站着的是我们小学一年级的老师。女老师穿着一套米色的长裙子，很文静美丽。短短的头发总是滑到眼睛上，她用粉笔在黑板上写一会儿字，就拿手理一下头发，因此，她右边的眼角上方沾了一些红红的粉笔末。

年轻美丽的女教师用手指着黑板上她刚写上去的两个字，说："同学们跟我一起念——"

"秋天来了，

"天气凉了。一片片黄叶从树上落下来。

一群大雁往南飞，一会儿排成个人字，一会儿排成个一字。

啊！秋天来了。”

稚嫩的声音响起来，很整齐，女老师满意地笑了。

我也跟着念书，一边在书下玩捏着自己的手指。

我的手指突然碰到一颗很圆很滑的东西。一颗野栗子不知道什么时候蹦到了我的课桌上。我小心地拿起那颗栗子，捏在手里。那节课后来讲了些什么，我就不知道了。

那个男孩就在那个时候坐到了我的身旁，黑色的大眼睛眨闪着明亮的光，一种新鲜的气息萦绕在周身。

老师亲切地笑着说：“从今天开始，你们就是同桌了，张大胜，你把书包放课桌里去吧！”

整个教室里，只有我身边的位置是空的。我在两股直直的目光中，怯怯地挪了挪自己的课本，以便让课桌腾出更多的空间。转学来的同桌不客气地坐了下来，从书包里拿出他的文具和皱巴巴的课本放在了课桌上。老师看着，满意地转身离去。

就在那一瞬间，陌生的同桌突然转过头对我说：“他们都叫我鬼子！”

“鬼子？”我不解地低声问道，下巴差不多碰到了桌面。

“我水性好，而且，力气大，没有人敢欺负我。”说着，还举起拳头在空中挥了挥。

我愣愣地看着他黝黑的脸颊，不知道说些什么。

我把手里的野栗子递给他，他马上笑了，露出一排整齐的白牙。他伸出手掌盖在我的手掌上，说：“你的眼睛真美！我妈妈的眼睛也是很美的。”说着，他的声音便低了下去。

那些野栗子被他插了小木签做成陀螺。陀螺在桌子上转啊转，转出短短的快乐时光。好奇的同学也都围过来，绕着鬼子围成一圈，看他变戏法似的从书包里取出各种有趣的小玩意。

鬼子下课时捣鼓小玩意，上课时也在捣鼓小玩意。才第一天来上课，他就拿卷笔刀后面的小镜子在教室里照来照去，一束反光有意无意地照到了女老师的眼睛。第一次，老师皱皱眉头走到他面前，用手指叩了叩桌面。第二次，她就让鬼子去教室外的野栗树下站着了。

我看见鬼子抬头看了看那棵大树，又伸开双臂抱住树干跳了跳，似乎想爬到树上去，可是又停下了。树干上有一队蚂蚁正在搬家，鬼子看了一会就对着蚂蚁们吐唾沫，然后又蹲在地上找野栗子。他一低头正瞟到我往窗外看，就对着我吐舌头。我立即把头转回来，竖起书本，装出专心听课的样子。

上学时的鬼子似乎总在顽皮捣蛋，却常常望着屋檐的落水发呆。雨水在地上自然冲出一条小水沟，一些水泡浮起来。他蹲在屋檐下，把上课时折的小纸船放下去，看它漂得远远的。直到小船在水里泡烂了，他还蹲着。

刚过了夏至节，鬼子就脱得光溜溜的下水扑腾去了。水底下还沉着去年的啤酒瓶、一只断了搭扣的凉鞋、一个破旧的肥皂盒，鬼子把这些东西一样一样地运回到岸上。他的头刚浮出水面，在岸上洗衣服的妇人就凑过去瞧瞧有没有自家从前落下的。大人们说："这个小鬼还真是水里生的。"却又告诫自家的孩子不能下水，小心被水鬼捉去。

在这个村子里住了好几年，鬼子也没有交上朋友。大孩子欺负他是外来的，小孩子又觉得他凶巴巴的。鬼子下水的时候，也有大孩子要捉弄他。他们瞅着他把短裤挂在岸边的树疙瘩上了，就偷去藏起来，等他光着屁股往家跑的时候，却又跟在后面瞎起哄。

鬼子答应我只把红领巾借给他两天的，却过了这么多天也不还我。

鬼子在楼下仰着脸，大声喊："今天再戴一天，明天就还你，我保证。"说着，他还举起右手做发誓状，很认真的样子。

我笑了，说："明天一定还给我。"

鬼子答应了一声，又问："疹子好些了吗？我听人家说要喝金银花茶，还要多吃青菜，才会好得快些。”鬼子的头很吃力地仰着，脸上有一道泥痕，是他的脏手不小心抹上去的。他的额头上溢着一些小汗粒，一闪一闪的，笑容很憨，他知道我不爱吃青菜。

我说：“你干吗去呀？”

他说：“还没想好呢？你不能出来吗？”

我指指脸，又指指大门说：“我妈把门锁住了。”

“没有钥匙吗？”他问。

“没有。”

鬼子眼神里突然出现的兴奋黯淡下来，快快地说：“那我去玩了！”

我说：“你不陪我多说会话吗？一个人在家无聊死了。”

鬼子说：“我去水塘那边转转。”停了一会儿，他刚要转身离开时，却突然回过头来说：“你想要一条鱼吗？活的。”

我很兴奋，红着脸大声应着说：“要，要啊，太好玩了。”

于是鬼子走了，右手提住领口，抖开手上的衬衣，往水塘方向走去了。他的两只脚在水洼间左右跳动，一蹿一蹿的。干瘦的身子在刚刚发热不久的日子里又晒黑了不少，而他面前的道路好像突然加宽了许多，空荡成白花花的一片。关在窗户里的我好像一下子飞了出去，紧紧跟在他后面，要去找一个快乐的童年。

鬼子脚步迈得很大，所以，我很快就气喘吁吁了，我说：“鬼子你慢点走！”鬼子却听不见，头也不回地往前走着。我跑了起来，两条辫子在风里飞着。汗水很快便顺着我脸颊和耳根流进了脖子里面，红底白花的衬衫被汗水浸湿了，黏黏地腻在身上，很不好受。

后来，我摔倒了，屁股重重地跌在了雨后泥泞溜滑的田埂上。右手在碎石上重重摁落的时候，被划破了，血洇了出来，鲜红的颜色。白色的学生裤和干净的球鞋，马上也露出了苦笑的脸，黑色的泥渍像凶恶的命运，在警告我说：“千万别往前面走啊！前面危险！”但我还是爬起来了，对着鬼子远远离去的身影，用手指抹去眼泪。

鬼子这时已经走到那条小河边了，汗水在他光着的黑红脊背上闪着光，白衬衣还提在手上，下摆在风里飘动，像一只白色的蝴蝶。

他的脚平稳地踏在河岸上，河里水草茂盛，河面也被绿色包围，只看见河中央一小块雪亮的白光。一个陌生的老人蹲在不远处的堤上钓鱼，黄色的竹鱼竿，横在水草上，一只蜻蜓立在鱼竿的另一端。老人的脸很红，有许多麻子的斑痕，像一块被火烫伤的石头。一顶黄旧得有些破散的草帽，斜斜地扣在他头顶上，上面落了一些谷壳和干柴屑，平和安详的表情，散发着一股岁月的味道。在他身旁，放着个竹编的鱼篓，矮矮鼓鼓的，像一只蹲着的母鸡。老人的眼睛睁得很大，我却看不见他的眼神。只见他紧握在鱼竿上的手，像是两根枯瘦的木头，黑黄，长满了粗糙的伤疤和疮痕，很沉重地带了些诡秘的气息。

我把目光重新回到鬼子身上时，他已经走到那个老人的身旁了。他在老人身旁蹲下来，目不转睛地盯着水面，目光顺着鱼竿，翻越过蜻蜓的脊背，游进水里。

鱼饵被几条小鱼轻轻触动了几下，小鱼是种有黑色脊背的银白色小鱼，有时候会在水面上跳跃。这时，它们温柔的嘴唇正在亲吻老人钓钩上的鱼饵，却没有见到隐蔽的钓钩正在黑暗里冷笑。水面波动了几下，泛起几个虚幻的泡沫，羽毛做的浮漂猛地往水里钻了一下。这时，只见老人迅速地把鱼竿往上一挑，一条扭动着的白鱼便飞了起来，在空中弹起一道优美的弧线。蜻蜓扇动翅膀见机飞走了，水草丛中牵起一阵骚动，水花闪烁，头顶是褪去了云彩的湛蓝。

老人枯枝一样的双手把鱼从钓钩上取下来，扔进鱼篓，小鱼滑进鱼篓时溅起浓重的腥味。湿漉漉的鱼篓里垫了一层绿油油的水草，还挂着河里的淤泥，几条将死未死的小鱼卧在篓底，正在困难地翕动着嘴巴。

太阳已经在鬼子的皮肤上烙出一片红肿的疼痛。鬼子闭着眼睛深深地闻了一下空气中的腥味，很享受似的咧开嘴巴，然后把手伸进了鱼篓。鱼挣扎起来，激动地跳跃，发着“啪啦啪啦”的声响，鱼鳞夹杂着浑浊的泥水飞溅，闪亮而晶莹。他抓起一条鲜活的鱼按到额头上，一片舒心的清凉直透脚跟。

老人刚发觉身边有人似的回过头，直愣愣地盯着鬼子，却慢条斯理地说：“别动我的鱼。”老人的声音粗哑无力，仿佛从另一个世界飘来。这声音使鬼子打了个冷战，猛地从一片鱼鳞的炫光里回过神来。他很快把鱼扔回鱼篓，抬起头呆呆地望着老人，受了惊恐的眼睛睁得很大。

老人把鱼竿收回来，捏着鱼钩小心地把纠缠住了的渔线解开，又打开脚边的一个塑料盒子。塑料盒里蠕动着满满的蚯蚓，鲜明地透着紫红的颜色。老人用右手的大拇指和中指捏了一条蚯蚓掐断，仔细地套到鱼钩上去，然后又把鱼竿伸到河面上，往远处轻甩一下。鱼钩落在了一丛水草边，水草丛仿佛是一片庞大的绿色森林，许多银白的游鱼在森林中穿梭，像一群游荡着的精灵……

鬼子一动不动地站着，眼睛死死盯着水面。我在河的对岸站着，身子很轻，没有踩倒一棵水草。水草上沾着许多被践踏过的痕迹，都是别人留下的。水草的汁液很丰富，生命却很脆弱，只要人们把脚往它身上那么轻轻一踩，它就流出血来了。

一个闪光随着老人的手势飞到了岸上。一条大鱼“啪”的一声跌落到岸上时，鬼子的鼻子跟着掀动了一下。鱼的嘴角正流着血，眼睛痛苦地睁着，很红很亮。

我远远地冲着鬼子又叫起来：“鬼子，鬼子……”

鬼子依旧呆呆地站着，没有转头望我。那个老人却猛地把头抬起来，警觉地四处张望了一番，老人的眼睛里射出一串犀利的，像绳子一样的东西。当他确定没有看见什么时，才又把头低下。我愣愣地盯着老人，吓得大气也不敢出。

这时，鬼子已经在老人的身边蹲下了，长长的红领巾拖在膝盖上。一缕橘黄色的阳光透过头顶迷蒙的空荡，轻盈地落在了他的胸膛上，看上去很温暖。有风吹过，河面上的水草摇摆了起来，水底下的水草也随之舞蹈。水面上晃荡起一层诱人的碧绿。青蛙在草丛里扯着喉咙，像敲打着的无数面牛皮鼓，气势很庞大。

老人突然站起来，背着手往远处的田埂走了。我看不见他的影子，只有一些水汽围绕着盘旋。他的左脚比右脚长许多，走路时，一瘸一拐的，像一块黑色的布飘在田野上。他的衣服看上去很干，水珠却不断地从衣摆滴落下来，一串串珍珠一样的美丽……

鬼子目送着老人走远。当他看见老人的鱼竿还放在岸上时，眼睛突然亮了。他走到老人刚才坐过的地方站定，那里铺垫着一层厚厚的水草。他抓起鱼竿，学着老人刚才的样子，把鱼钩往河中央甩去。鱼钩不听话地落在了他脚边的一丛水草上，于是抽回来，重新甩出去。鱼钩终于生疏而平稳地落在河中央时，鬼子的嘴角扬起一丝得意的笑，露出了他那两颗又白又亮的大门牙。

鬼子很快就钓到了第一条鱼。提起钓竿时，他的神情掩饰不住地兴奋与紧张，他用力把鱼甩到岸上，放下鱼竿后用手去抓。鱼跳跃着，他的手抓空了，拍在地上沾满了泥土。鱼被抛进鱼篓时还在活蹦乱跳，鳃部一张一合，露出许多血红的内部器官。我远远地听见那条鱼正在喊叫，用一种很古怪的声音，表述的是一种莫名的情绪。

我回过头再去找那个老人，却已经找不到了。甚至连他刚刚走过的那条长满青草的狭窄田路上，都没有留下看得见的足痕。我面向远方，疑惑地沉思良久，却对这个老人琢磨不透。

太阳突然间烫了起来，像在燃烧，我的额头却一片冰凉。我干脆在田埂上坐下来，看着鬼子把一条又一条银白色小鱼从河水里抽出来，抛进鱼篓。水草上滑动的水珠，正在被太阳一点点地吮吸，涣散成一片白色的迷雾，笼罩在我的眼睛周围，然后又湿漉漉地布满我整个脸颊。

鱼篓被装满了，许多银亮从篓口流出来，溢到了草地上，鬼子却没有停下的意思。当他再次把鱼钩往河中央甩去时，回过头看了一眼鱼篓，并四下里环顾了一番。但他好像已经把那个穿黑色衣服的老人给遗忘了。我突然隐约地想起，那个老人，似乎就是鬼子的姥爷。

又一条鱼上钩了，浮漂整个往水下钻去。鬼子利索地提起鱼竿，却提不上来，鱼竿被沉沉地扯动了一下，还在往水下扯去。是一条大鱼吧！鬼子狠狠地骂了一句什么，站起来活动了一下蹲麻的双脚，把两条腿分开往后挪了挪，想再使把劲把鱼竿提起来。细密的汗粒在他的额头上快速地聚集，凝成一颗颗大珍珠似的汗珠。他的手臂绷得直直的，好像全身的力量都用上了，突然间又松开，鱼竿差点从手里飞出去。鬼子喘了口粗气，把鱼竿的一头插进土里，又往上面压了一块大石头。

鬼子脱掉凉鞋放在河岸上，又去解脖子上的红领巾，解下后又小心地叠好，放到凉鞋上面。红领巾是我的，所以，他的动作缓慢而仔细。

我猜到鬼子想要干什么了，便又着急地喊了起来："鬼子，鬼子。"鬼子依旧听不见，他以为我一直在家里待着呢。我于是冲上去，拉他，扯他，但他还是无动于衷，也感觉不到我的存在，只是顾着自己往小河里走。他的脚踩在了一丛水草间，一阵"噗噜噜"的响动，许多浑浊的大水泡从他的脚趾间冒了上来，河泥的味道很亲切。

我站在河岸上束手无策，眼睁睁看着他漂到河中央，扑腾起一阵白亮的大水花。看鬼子游得欢快，我的心渐渐缓了下来。我于是弯下身子在河岸上坐了下来，双手抱在膝盖上，顺便还从旁边的草丛里扯了一根水草衔到嘴里。青草绿色的芬芳溢满了舌间，甜滋滋的，滑腻而生动。

正在这时，鬼子突然猛地一个跟头，扎到水底里去了。

我被吓呆了，还没来得及吐去嘴里的草叶子便哭了起来。可是，我再次在水面上搜寻鬼子的身影时，却见他正游得畅快呢！我生气了，转过头不想再理他，心中却暗暗地松了一口气。

远处的机耕路上开过来一辆拖拉机，轰轰地响，像是哮喘又像是咳嗽。麦苗使了劲地往上长个，尖尖的叶端上有片白花花的绒毛。水渠里的水正汩汩地流着，上面漂了一些青葱的草叶子，像一碗稀薄的青菜汤，太阳光白晃晃地在我的眼里炫耀出一片迷惑……

当我再次回过头去看鬼子时，河面上波平浪静，已经不见了他的身影。河岸上也没有人影，只有一根竹鱼竿和一个鱼篓散置在草地上，草地上躺着的几条小鱼，在太阳长久的炙烤下，结了一层硬壳，还有几只绿头的苍蝇叮在上面。

我想：鬼子又钻到水里去了吧！于是也不担心，安静地坐在草上，咀嚼着水草的甜汁，还哼起了一首美丽的儿歌："蜻蜓蜓儿停，草叶叶儿颤，水花花儿亮……"

后来，太阳都快落山了，鬼子也没有浮出水面。我急了，向着水里叫喊："鬼子，鬼子，你在哪？快出来呀！鬼子……"我细细的嗓音在田野上空孤零零地飘起来，连回响也没有，一群麻雀呼啦啦地从头顶飞过。

我想：鬼子是不是一个人回家去了？便有些生气。可他的衬衣凉鞋，还有我的红领巾都还在这里呢。我又喊了几声，仍然听不到回应。

鬼子去哪了？

我在河的四周找了一圈。后来，我在一大片紫云英地里睡着了，醒来后，看见一个熟悉的身影直直地向我走来，湿淋淋的身子打着战，散布着霉点的脸上满是委屈的神情。我叫他，生气地问他："鬼子，你去哪了？"他却熟视无睹地从我的身边走过去了。

我追上去想拦住他，却发现在我的左边，另一个一模一样的鬼子也正在花地里行走。鬼子的眼睛很黑，一直望着前面的河流。紫云英在他们瘦小的脚下不断地伏倒，被脚摩擦出"嚓嚓嚓"的声音。接着，我又奇迹般地看到，我右边的地方，正走来无数个鬼子。许多个鬼子正向着那条孤独的河流走去。他们穿过花地，走向河流，然后消失。

我不断地揉自己的眼睛，把眼睛揉得发红了，看见的还是许多个一模一样的鬼子。我以为自己产生了错觉，但那些被脚步踩倒的花朵和河岸上重复的脚印证实了我的视觉，我的身体抑制不住地摇摆了起来……

爸妈骑在那辆破车上，叮叮当当地回家时，我已经趴在窗台上熟熟地睡着好久了，也是那时，我发烧了。我妈往我的额头摸了一下，马上就叫了起来，她还以为自己在摸一块烧红的秤砣呢。傍晚的寒意，亲热地抚摸着我薄薄的花衬衫。我的头昏昏的，依稀记得自己做了一个长长的梦，是和鬼子有关的。

第二天下午，屋前的土路已经被太阳晒干了。

水淋淋的鬼子被两个大人抬着，慢慢地走近又走远。他的脸青极了，上身依旧光着，沾了些黑色的河泥。他们说，鬼子的脑袋被河底的水草缠住了，他倒立在水里随着水流左右摆动的样子，像极了一棵无根的水草。

第六辑

安然

有些时候，她必定妩媚。

她的脸让人想到轮廓，线条有些硬，一旦笑起来，那些细小的纹路却把她的神情清晰地呈现出来。她是美的，眼角还顽强地写着青春。

十来年不见，那些女同学还是计较，她们笑着说："安然真是一点都没有变化！这么多年了还是那么年轻漂亮，等会那些个男人来了可又得争风吃醋了……"

安然第一次出现在同学会上，好些人的名字想不起来，有些面孔已陌生得印象全无。安然的微笑里还透着些青涩的味道，她不停地拧着背包带，有些后悔，真不该出现在这里的。小艾打了好几个电话："同学聚会办了两次了，每次都是缺你一个，好不让人扫兴的，这次推不掉了，你要是不来，我们就来抢人了。"

上下铺住了两年，小艾是最了解她的。因为父亲生病，安然没有读完高中的最后一个学期，但安然这个名字却和大家的高中生活密不可分了。安然剪短发，班上的女同学大半去剪短发；安然听徐怀钰，周围慢慢多了许多娇滴滴的声音；安然坐在靠楼梯的窗边，许多高年级的男生要绕远路从这边走。喜欢默不作声的安然，在最青春的那些年里，却闪耀出七彩的光芒。

安然一直在找小艾，无人接听的电话让她有些急躁，但却又只能勉强微笑，应付着那些老同学的刨根究底。人越来越多了，KTV里原来阔大的场地变得有些狭促了，空气也渐渐混浊。她终于在暗里找到个角落坐下来，松一口气，只顾自己一边想心事，一边旋转着杯里的绿茶。

母亲去世得早，安然从小看见家里的凌乱和父亲的艰难，所以懂事，而且固执地认命，她最见不得别人对自己好，总要付出更多去回报。离开学校后，安然去了一家工厂学习模具图纸设计。那个给她写了几个学期情书的高年级男生已经是个大二的学生了，放长假回来后，总会去她下班后必走的路口等她。他的手暖，安然在心里筑了许多年的围墙就被一点点融化了。

第三个月，姐妹们都劝，你要算计好未来。小艾也说："这个男人不可靠，你们的生活不一样，不会幸福的。"她坚持，反而和大家疏远了。抚着已经微微隆起的肚子，安然有些木讷，却幸福满满的。未来是什么呢？安然守望啊，全是期待。

安然并没有在他眼里看见期盼的兴奋，他认真地说，关于孩子，他觉得太早了，不能要。安然不知道该怎么办了，但其实也没什么，只是揪心。她想，再也退不回去了。

最后一个寒假，他没有回来，只给安然打了个电话说自己要参加社会实践，让她照顾好自己。原本暖的声音，竟突然让安然觉得灰心，生出厌恶。持续的猜疑，犹豫，她终于俗气起来了，穿衣打扮，说话的语气也显得世故，总提着些防备。

遗忘是一件多么短暂又多么漫长的事啊！这个冬天烦琐得让人不知所措，下班后，安然一个人在街头面对着无聊的冷彷徨了很久，希望川流不息的人海把渺小的自己淹没，安然很害怕，害怕这种没有着落的感觉，她想，不能这样下去了，我不需要不实际的爱情……

小艾闹哄哄地闯进来，大声喊："安然，安然……"于是，大家都把目光转向她。

暗影

她是另一种。

第二次见到，她还是这样的打扮，头发盘在脑后，穿着吊带衫和长裙，露出肩。桃红色的上衣使她看起来很白、很瘦，那种温顺的表情，女人见了也会心动。

上午的太阳挺晒的，她站在马路边，有一句没一句地搭理着他。

他看见一双红色的高跟鞋走过面前的斑马线，出了一会儿神，转过头，她已走远了。他想起了《作女》里的卓尔，但又不同，看上去，她是安稳的。

几天前，他去那个房子找人。在楼下喊了半天，也没有人答应，正要走时，头上突然滴了几滴水下来。他抬起头，只看见那件挂在阳台外晃荡的浅蓝色连衣裙。挂衣服的那只手，已经缩回去了，几滴水正顺着湿漉漉的裙摆往下滴着。

他又喊起来："喂！原来住在这里的女孩呢？"过了一会儿，她才走出来，在阳台上俯看着他，丢下一句"搬走了"。他心想，长得不错，就是不够热情，不是自己喜欢的那类。

也许命中注定，要有那些意外，有一天，她竟打他电话求救。

他找到锁匠匆匆跑到那个房子，她已经昏迷了，手腕上用刀片割开了细细的一道，却流了满地的血。

出门时，他看见房门上还写着他的号码，那是他为原来那个朋友写的。

恢复理智的她又挺正常，她说："真不该犯傻。觉得自己的身体要变空了才觉得生命多么多么珍贵。"她不想让别人知道这事，所以拨陌生人电话，没有想到，那是他的号码。他偶尔看见，她的眼神里还露出迷茫，心想：真是个让人放心不下的人。

后来常见面。

他做作品时也会找她当模特，有一些照片的效果出人意料的好。她开玩笑说："那些照片，我知道从镜头里望过去是你，所以，这笑是不一样的。"

也许是因为帮她承担着一个秘密，也许是因为心疼，在一起时，总有一种特别的气氛使他觉得满足，可是，又迷惑，两个人其实是陌生的。

那一天有事耽搁，他们留在了乡下。

夜里月色很好，她的平底鞋踩着乡间的小路，泥土也变得柔软起来。他犹豫很久，终于问："那个能让你自杀的是个什么样的人呢？"

她转过头，看着那被远远甩在身后的月亮，失望地说："我看左，你看右，两边，是不一样的风景呢。"

后来，都没有说话。那朦胧的树影，在某一些间歇里跳出来，使她的脸显得更暗，或者，使他的脸更暗。

阿菊熟食店

阿菊胖起来的时候,熟食店的生意也好起来了。

阿菊刚来的时候眼睛亮亮的。她说她村里的好些女孩子都来这里打工了,有两个就在边上超市卖肥皂,她不识字,超市老板不要她。姐妹们说祥这里招小工,她就来试试。阿菊诚诚恳恳的,话语里还有些乡音,她说我个长得小,可是力气大着呢,从小干活就麻利。祥依旧皱着眉头,她看也不看他的脸色,就拎起地上的一袋冰猪舌到水龙头下面洗了起来。于是,阿菊每天都来了。

开始的时候,祥只让阿菊洗洗涮涮,一个人过称收钱忙不过来也不让阿菊进熟食摊子。阿菊以为老板是嫌生不信任自己,后来慢慢才看出来,祥是把卖剩下的熟食又重新打扮了上柜,不愿意阿菊这个外人知道这门道。阿菊心眼细着呢,看出来了也不道破,使劲管着嘴巴。

过了一个月,祥没给阿菊发工资。阿菊和女伴们一起住,吃饭又在店里,基本没什么开销。姐妹们却着急,说这里的人尽爱欺负咱们外地来的,不发工资就应该催着要的,不然的话拖啊拖的,也不知道拖到什么时候,有些干脆就没影了,等到上班去才发现店都换了个主。姐妹们说的时候,阿菊只管点头,心里却疑惑着老板是不是对自己不满意,到了店里还是只顾干活,也不提工资的事情。

阿菊干完活的间隙也不闲着,把店铺里里外外都打扫了,灶台上陈年的污垢也被抠下来一层。菜场卖冰鲜的老顾来找祥要账,祥正好不在。回来后,阿菊跟祥说那个老顾说好傍晚边上来,祥皱皱眉头,到了傍晚边上时，人又不见了。阿菊不好意思地对老顾笑笑，说老板不在，麻烦你改日来吧！抽屉里也没有钱，铺上只有熟食。老顾盯着阿菊瞅了又瞅，笑脸扭曲着。

阿菊长得瘦小，也不好看，灰不溜秋的外套罩住里面一件她自织的黄色毛衣，袖口还常常露在外面。

祥从来不正眼瞧阿菊，阿菊和他说话时，他也总往别处看。阿菊还是忍不住问祥：你觉得我这人还行不？就不能和我多说句话？祥还是不愿意多说。阿菊却说：十字路口那家快餐店也在卖熟食，但做得没我们的好，把我们的卖给他们行不？阿祥虽然看着别处，耳朵却打开着。一只老鼠从地沟里钻上来，他立即跳起来去踩，蹦了好几下也没踩到，老鼠跑出门口过了马路。祥嘴里骂着，心里还在想阿菊刚才的话。阿菊去封那个地沟的口子时，祥在背后认真地瞧了瞧她，他想着自己怎么就没有想到把熟食卖快餐店、饭店去呢。

祥于是经常出去找买家，阿菊有时候也站在铺子里收钱了，对谁都笑呵呵的。有些顾客来了会大声开玩笑，说祥有眼光，找了个蛮能干的女人，做得了老板娘。

阿菊和姐妹们挤在一个小房间里，上下铺的木床一有动静就咿咿呀呀地响，花花绿绿的内衣裤也挂在床栏上晾。有姐妹找了男朋友就搬出去，然后再来一个新的姐妹。村子里的女孩真多，都想到外面的世界来。到后来，阿菊成了在这宿舍里住得最久的那个。大家都问：阿菊，那个祥怎么样？他对你有没有意思？阿菊笑笑，不愿意多说，眼角的皱纹生硬地挤在了一起。

修自行车的阿德有空没空总要来铺子前面搭讪，油黑乎乎的手还要往卤盘里捡几粒花生，抓片卤豆腐干什么的。阿菊拿苍蝇拍打他，又嫌手脏，就打手臂，有时候还打脸。她骂他：你要死啊，手这么脏，把客人都吓跑了，快走开快走开。再不走我还打了！祥在的时候，她就骂的响一点：你个臭阿德，老毛病不改的啊。那么爱吃怎么不自己开个熟食店？我好欺负啊？臭手快拿开！我要拿刀子剁了！祥，你快来，阿德鬼又来了。

祥在里屋泡鸡爪，被黄黄绿绿的椒子呛到了就咳几声，咳嗽有点混浊，好像喉咙里憋了一口痰没吐尽。客人问：祥，你是不是感冒了？还是生肺病了？生病了还卖熟食给我们吃，小心遭雷打啊！这付病怏怏的，谁还敢吃你的熟食？祥吞咽了下，皱着眉头说：我是有卫生许可证的，你看看我什么人，是做缺德事的吗？祥做多少年熟食店的老板也不会笑。来做买卖的大多是附近的邻居，已经对祥这张脸见怪不怪了。

操作间和门店就隔了层薄板，祥早听到阿菊在外面嚷嚷了，却不作声，继续埋头泡鸡爪，一不留意又放了遍醋，回过神来发现了，才狠狠地跺脚。

阿德走了后，祥对阿菊说：你搬来住吧！

阿菊没听清，愣了好一会。

红颜爱遮面

她们都笑着说，红颜是真的薄命。其实笑里有辛酸，这几个女子，一样的薄命，只是，与红颜相比，她们又是不同的。

五岁的时候，红颜的父母在老街的弄堂里开早餐店，每日烟熏火燎，还呛着豆浆的味道。红颜在板凳、方木桌间钻来钻去，在胖胖瘦瘦、长长短短的双腿间挤来挤去，有时，脑袋也要挨一记轻轻的打，可日子就那样过着，红颜觉得快乐。大年三十的晚上，也许是新年的凌晨了，天还沉沉的暗着，挺冷，和往常一样，外面的店里又响起了锅碗瓢盆的声音，红颜惦记着过年的新衣没有睡意，望着窗隙里透进来的一线昏黄等着天亮。

后来便响起了锅盖掉到地上的声音，响起了她母亲的尖叫声，响起了他父亲的怒吼声……红颜赤着脚走出去，看见两张扭曲的脸，她呆住，惊恐地往墙边退，大铝锅里烧着水，正咕嘟嘟地滚着，浇在了红颜的脸上仍咕嘟嘟地滚着。

红颜的脸毁去了一半。母亲也走了。

早餐店关了一些时候又开起来了，红颜的父亲不再喜欢说笑话，胡子头发留得很长，做出的东西也没有了从前的味道，老顾客当面抱怨过一两次以后便不愿意再来了。生意越差，他的脾气也越坏，狠狠地骂红颜，有时候还要打。红颜从此变得丑陋，变得邋遢。

她把许多头发都梳到左脸上来，遮住了伤疤。可老街上的人都见过这张被毁的脸，遮和不遮只对她自己有意义。人们开始会叹息，后来便习惯了，当她只有半张脸。

红颜成绩不好，也不讨人喜欢，上了几年学便逃了，躲在油腻的早餐店里低着头做事，不笑也不说话，烫的，剁的，手上多了许多伤。

隔壁的老房子租出去了，住了几个女人，白天睡觉，夜里出门，有时穿着睡衣到店里煮面吃。她们都笑红颜长得丑，说看见她面也不要吃了，可第二天照样会来，照样要笑，浑身的恶香把店里熏得更油腻。

后来，红颜便跟她们在一起了。

遮脸的那片头发做了造型，换了流行的衣服，还化妆。只是，那遮住的地方总要让人疑惑。

姐妹

妮子一个人在劳动力市场边的天桥上站了很久，原本白皙的脸被太阳晒得黑里透红。她站的那个位置正好望见劳动力市场前面的广场，那里竖着几把遮阳伞，黑压压挤了好多人。她在那里转了好几圈也没有挤进去，只听见乱哄哄的叫喊声。有人在叫喊招男磨床工，说岁数大的不要，招保姆的又说岁数小的不要，招服务员的要看长相，还得有初中文凭。妮子说我有文凭的，没带身上。那人瞅了她一眼，说你这话客人听得懂吗？妮子上学那会，老师不会说普通话，教课本用的也是贵州方言。后来，妮子自学的普通话就逃不开家乡的口音了。

红艳艳的晚霞烧透半片天的时候，那个叫小云的女人站到了妮子面前，她脸色很黄，尖利的目光却让妮子觉得局促不安。这大概是个有病的女人。妮子心里这样想，却怯生生地低着头，含糊不清地告诉她自己是来找工作的。小云问她几岁了，能干些什么。妮子一一做了回答。说话的时候，她一直在瞅自己的鞋面。那双鞋是她花了十三个晚上在灯下做的。进城的前天晚上，她就是穿了这双鞋去河边见山娃子的。山娃子抓着妮子的手翻来覆去地看，手被他捏得阵阵发麻。

山娃子家穷，妮子爹妈不同意他俩好，还偷着和她姨商量要把妮子许给邻村的一个养猪富户。妮子要进城的事，她自己也没想清楚。许多年前就去广州打工的秀红回来给她弟弟办喜事，腰身粗了，手也粗了，可是出手大方，气魄也大了，怎么也看不出来小山村里那个秀红的样。妮子看看自家的破木楼，比比她家的新房子，心里就有些恨。

她很快追上了秀红。为了轻便，妮子随身的帆布包里只塞了两件换洗衣服和几张被汗水浸黄的票子，出门也悄无声息。秀红有点严肃地看着妮子，说城里是啥都有，可是也乱着呢，从前一起跟她出去的姐妹也有没回来过的。妮子的眼睛眨了眨，眼神定定地说，好姐姐，你就放心吧！

厂子里没招工人，秀红让妮子躲在她的集体宿舍里，等她休息的时候再带妮子去找工作。听说有人要来查房，妮子就躲到臭烘烘的厕所里。工作没落实，妮子有点没底，她想到这会儿，家里的那两只花母鸡该是生完蛋正找食吃的时候，也不知道有没有人往院子里洒碎米，又想起爹妈和山娃子，想起了地里刚绽叶的山药苗子。想想很难过，眼泪就“吧嗒吧嗒”地往鞋面上掉。

秀红又出工去了。妮子闷得难受，给秀红留了个小纸头就到外面去了。她一个人挤在突然像水一样从城市的拐弯抹角溢出来的人群里，打听到劳动力市场的位置，坐了公交车，又走了蛮久的路才到。

小云领着妮子回宿舍取行李，又和秀红打了招呼。小云话不多，有些浮肿的眼睛总在眼镜背后细细打量着别人，她说，你叫我姐吧。妮子就亲热地叫了声姐。

四层楼梯走了一半的时候，小云拉着妮子的手臂重了起来。妮子听着她喘粗气，就说，姐，我们歇会吧。小云说，姐没事。站着又喘了会儿，示意妮子扶着她往上走。一进门，小云就坐到沙发里了，沙发里放了一件没打完的黄色小毛衣。妮子四下打量了一下，发现房间里的光线有些暗，摆设有些散乱，好像很久没有收拾了。小云歇了好一会儿才带着妮子在房子里转了一圈，告诉妮子要做哪些事情。

小云正在厨房里听妮子讲山娃子种的山药时，听到开门声，她小声地对妮子说，李老师回来了。她走出去给他拿了拖鞋，又在他耳边小声低语了几句。他走到厨房门口，没有表情地瞅了一眼妮子，说，来了。

晚饭的时候，他们都不说话，有什么事情藏在心里要等着妮子走开了再说似的。咀嚼的声音紧张有序，也没有点评妮子做的菜是咸了还是淡了。妮子抬起眼，小心地看了看这家的男主人。他戴着黑框的大眼镜，脸微微有点发胖。妮子想，他们年纪都不小了吧，怎么还没要孩子？老家的女人二十来岁都已经胸前抱一个，背后背一个了。

过了几天，小云把那件织了一半的毛衣拆了重新织。妮子不解地问，姐，怎么拆了？这得织到什么时候啊？小云紧了紧眉头说，闲着也闲着。好像有什么话要说，吞回去了。小云的脸更黄了，可是却没有见她吃药。她和李老师私下说妮子胖了，有点好水就养得好。妮子又发现李老师是睡在书房里的。夜深了，他从房间里抱了被子出来，早上又抱回去。

妮子已经很顺口地叫小云姐了。在医院里做体检，医生问她俩什么关系时，小云也抢着回答，说这是我妹子。妮子心里很满足，看她总在织那件织不完的小毛衣，心里虔诚地求着菩萨早点给她送个大胖娃娃。

有个晚上停电。妮子正在洗盘子，她叫了声姐，没有人应，就在厨房里找了蜡烛，想起外面桌上好像有打火机，就摸黑走到客厅。她拿到打火机正转身，脚底下却被什么绊了一下。身体正失去平衡时，蓦地一只手抓住了她。

哦？是李老师吗？妮子按下打火机。李老师“嗯”了声，却不说话了。他停电时就坐在沙发上。妮子拿着蜡烛回厨房继续洗盘子，过了好一会儿，小云才从外面回来，她走到厨房神情古怪地看了一眼妮子后走了。

夜里，妮子被一只冰凉的手惊醒。李老师只穿了条短裤光着脚站在她床前，吓了她一大跳。李老师却转头要走了，他说，门开着，我进来看看。他的脸因为尴尬而怪异地扭曲着，妮子使劲拽着被子不敢吭声。可是，走到门口了，他却突然折回来。妮子恐惧地喊，姐，姐，可是，小云好像不在。妮子于是用力地踢着，把床边的一张凳子也踢倒了……

李老师停下来的时候，门突然被推开了。小云的眼肿得更厉害了。她对着妮子跪下来，说，妮子，姐对不住你。姐求你，你给姐生个孩子吧！

胖

坐完月子后，她又胖了。

奶水在胸衣里滴滴答答，嘴唇周围汗涔涔的，连声音都腻着一股甜香。姐妹们笑着用手戳戳她胀得石头一样硬的乳房，说："你家里给你吃酵母了？发得比面团还快。再发下去可不得了，你一走过，地都要震起来了。"

她伸出滚圆的手臂，挡了挡大家乱摸的手，这么多双手，只有她的手白得像泡了药水。她努起嘴说："现在不是得喂奶嘛，总会瘦下去的吧！"姐妹们一看，咦，那对酒窝也没了。就又笑哄哄地乱成一团，去她脸上乱摸。肉嫩嫩软软的，摸起来还真舒服。

她又说："你们就减肥吧！男人才不喜欢那身骨架子呢！在外面多是要盯着瘦胳膊、瘦腿瞧，等搂上了才知道还是肉多好。"笑着闹着，胳肢窝那里的衣服开了线。

这下是真愁了。怀孕前 86 斤，生完孩子 168 斤。医院回来，婆婆就说："拿个束腹带缠缠吧，小肚子里还有一个娃似的。以后怕收不回来了，松松垮垮跟套了个游泳圈似的就难看了。你看医院里的那些产妇，都缠着呢！"她嫌透不过气来，只缠了一天就甩厕所里了。她自信满满地说："没事，我基础好，怎么也得瘦回一百斤以内吧！不急不急！"可是，以前的衣服是没一件好穿了。

老公单位办晚会，把她以前穿的裙子偷了几条去借给女演员，第二天就被发现了，原来，她每天都偷着拿旧衣服比画呢。老公说她小气，反正也穿不了了，借借有什么关系。她心里想着借借是没关系的，但嘴皮子不想认输，就敲老公脑袋让他赔不是，哭起来说老公是想咒她瘦不回去啊。哭着哭着，真的挤了几滴眼泪。才两个月的小娃娃，喜欢看热闹似的，盯着他俩看来看去，竟然咧开嘴笑了。两个人也都笑了，但她还是不肯认输，得让老公给她买几条新裙子。

她一直穿孕妇装，有时也穿老公的男式运动服。头发也剪短没了样子。

好，就买新裙子吧！

胖人服饰店的老板比她还圆润，说："我这里的衣服就是给胖人穿的，保证有你合适的。你若有中意的款也可以定做大码。"老板说着，她心里就难过起来了，自己想着我又不是生下来就胖的，86 斤的时候哪里会想到要来这里买衣服啊！再看看，这店里的衣服都显老气，都不顺眼了。

不喂奶就会瘦了吧！办完周岁酒，第一件事就是给儿子断奶。这样想着，她心里才好过起来。

切肤之痛

一不小心，菜刀又在手指上划了个小口子，雪白的伤口，血丝还在肉里渗着，慢吞吞的，还没有出来的意思。放在水龙头下一冲，痛才深刻起来，“嗤”一声缩回来，跺着脚，把手放在嘴边使劲吹着气，痛才似乎消退一些。

他向她抱怨对现实的不满，他说生活有些程序化，也许已经习惯了，改变不了，也没有决心去改变，思前想后，每天都想着要逃跑，可是逃哪去？既然没有来生，为自己活一次也好。可是，身体不好了，心里苦着，什么滋味都进不来。

她劝他，别把自己搞得太苦太累，不开心的时候去想点开心的事就好了。

暮色渐渐暗下来，她把相机里刚拍的夕阳打开给他看，他点点头，指着那些云朵说，这里，如果构图再大些，白平衡再调整下，照片的效果就更好了。头都低着，凑得很近，甚至，他衣服上肥皂的碱味都闻得到。她抬起眼睛，看了看他的额头，一些淡淡的发愁的皱纹，莫名地心疼了一下。

学摄影才两个月，他们便遇见了。她只会拍些花花草草，一对焦便“咔嚓咔嚓”乱拍，构图也没有概念。他见她俯在一丛蔷薇上，拿着相机对着一只蝴蝶乱晃，就笑起来说，你动的比蝴蝶还快，怎么能拍好？她看了看他背上那个专业的机子，就崇拜地把他当成大师，笑得甜甜的，求大师赶紧教教。

果然，动作不一样，拍出来的照片也不同了。她满意极了，问了联络的方式，要继续学摄影。他也乐了，一个长相甜美的女子，一口一个老师地叫他，心里软软的。

后来，关系就有些微妙。

他们都是为了追求美，而逃离现实走到一起的。在一起的时间里，就屏蔽了性格里最不想要的那部分，暴躁、愤怒、冷漠、怯懦、狭隘，这些统统不要。在他看来，她青春美丽、热情善良。在她看来，他成熟智慧、安静随和。在一起时，多么和谐，不做作，不虚伪尴尬。

有时，他会不在服务区。这是应该的吧，爱不是为了分分秒秒在一起。可是，爱到底是什么呢？她偏不知趣，要自投罗网。她是愿意的，如果他爱她，她便等他。

但是，他说，不要见面了吧！她“嗯”一声，轻轻挂了电话。他们都少的是勇气，心一软又退，退回到现实里，没有改变的决心。

她拼命做事，想把自己消耗完，这样就没有力气去想他了。有时希望他感性多一点，他却站到理性那一边，有时却又孩子气地胡闹，把一切都搅乱了！委屈，失落，伤心，统统都有，怎么会没有呢？只是，她知道，要珍惜，要忍耐。这次不是最痛的，所以忍住了。

她想，不能辜负别人，便只能辜负了自己。

素手无罪

若没有那第六个指头，她便是个容貌普通的女人，不会有命硬的传言。同龄的女子都有了归宿，她还没有，她和别人不一样。她在公交车上售票，司机也对她冷冷的，她用左手收钱，钱盒抱在胸前，右手藏在下面，总想掩饰，偏有好奇的乘客要揭她的短，暴露在众目里的异样多么无奈，多么伤心。多出来的那个本就是多余的，比小指还短些，一截软软的肉柱。那个指头后来去医院切了，留下个不大的疤，她常常要抚摸那个地方，还有些不习惯。

她做手模特，手是第二张脸，不洗衣，不做饭，也不拿刀，总要戴手套，还要每日按摩促进血液循环，做手指操，做手膜，不停地擦护手霜，要保养得柔嫩细腻，脸上可以长皱纹，但手不能看见岁月的痕迹，不能有瑕疵。她接了许多的广告，指甲油、戒指、手表、护手霜，手要说话，要摆姿势取悦观众。只是，每日这样，她倦了，厌了，偶尔也懊恼地想，干脆不要这手了。那日，美甲师的锉子不小心在她中指上划了个小伤口，她疯了一样跳起来破口大骂，所有的优雅都不见，只因，她只有这手。

她不停旋转，已分不清左右，四面都是掌声，她在灯光最亮的地方舞成一只美丽的孔雀。她的手，冰冷如雪，却柔若无骨，是舞蹈的一部分，也是锦上添花，最吸引眼球的部分，她沉浸在做主角的快乐里……车子相撞的剧烈震动使她昏厥，醒来已感受不到疼痛，多处骨折已使她再也无法起舞。病床上，有阳光落着，她掀动双手，一对美丽的翅膀飞翔着。

还有那双手，盛在碧绿的玉盘里，十指纤纤，恰到好处的丰满，凝脂一样白，已不再流血，因为惊恐，血滞在了骨肉里。这是双无辜的手，纵有万般的委屈，此时却已说不出来。燕子丹为了取悦那个被当作天下最勇敢的人，把他奉为最尊贵的客人。宴会上，她弹琴，琴声美妙，绕梁不散，荆轲说："好手琴者！"太子要把她送他，但荆轲却说："只爱其手耳。"她便失了手，她多么爱这双手，每日用温水香料仔细浸洗，涂上脂膏，晾干，这手一碰到琴便像遇见了知音，变得格外灵活生动，手也喜悦，琴也喜悦。现在，她怎么活？

她的手不美，却温暖、顺从，他的手宽厚有力，让她想起"执子之手，与子偕老"。

有种树叫合欢

这树怎么能叫合欢呢？那么甜腻腻的名字，好像初谈恋爱时，手心里还揣着股冷汗，一本正经的慌乱，却透出些迷离。

花朵轻盈地飞下来，昏黄的灯光把影子也藏得有点深。后桌的男孩突然拉住她的手。愣一下后，她挣开，有些慌乱地用那只手理理耳后的头发，头发里有个细软的东西，毛茸茸的。是什么呢？灯光那么暗，好不容易才看清是一朵花。那么轻的花，只剩下个灵魂似的。她们想要飞起来吗？轻轻地放在手心里，昏暗的光亮里照啊照，看见她一些憔悴的神态。她们不是被风吹下的，而是自己已经成熟，要脱离这棵树的拘束。她看看他，眼神明亮，但有些迷茫。她不知道说什么，但在心里想：你，还不是我想要飞去的地方。校园里有了动静，脚步乱起来，那棵树下，许多合欢花落着的地上，暧昧地凌乱起来，她往不同的方向跑去。

临时住着的屋子边上也有一棵合欢树，那么纤细柔美的树，长在一个要拆迁的临时居民区。房子矮矮的，树很快就超过屋顶了。台风要来，阿爸拿了把斧头要去砍树，被她拦住，不可以，那么好看的树，夏天搬了小桌子在树下乘凉、吃晚饭，美美地，简陋的生活因此多了些乐趣。阿爸摇摇头，如果台风来得厉害，树要连累到房子。就是不可以嘛，几乎是撒娇了！树留下来了，却在台风里被切去半个身子，裂开的一半倒在了房前，枝叶凌乱。看着那坚强的另一半，她常常觉得心疼，眼睛也疼。

那条路叫一路合欢。名字热热闹闹，但树还是新树，枝干细弱，像孩童的身体还未长开。有一棵树斜斜地伸到了公交亭上方，像一片温柔的云朵遮着。他的凉鞋是新买的，母亲在当地的童鞋作坊里买的，还有些磨脚，但是，他仍和伙伴们追逐得热闹，嬉笑成一团。合欢花将在暮色里闭合的时候，他和别的小学生们一起从学校里鱼贯而出。他是懂事的，不让家长来接，他对母亲说，没事没事，我坐公交车就能回家了。公交亭下，他抬头告诉伙伴，那棵树叫合欢，外公家就有。公交车快开来了，不知道是谁在背后推了一把，他从亭上踉跄着跌到路面，刚刚好，车的前轮从他的左脚上滚过。路面上，血肉晕成一团糊涂的东西。脚很重很重，他闭上眼睛，却仍看见许多细碎的东西在飞来飞去，那些合欢花自由自在地在风里飞来飞去。

意外之伤

小雅自己也觉得，卸了妆的才是自己。

她是真的会演戏。白娘子、祝英台、杜十娘，唱《焚稿》《三盖衣》《十八相送》，都是怨来怨去的角色，唱得凄楚也唱得委婉，可到了实实在在的日子里，她便没有了这外衣。

人们都说那对桃花眼会说话，许多追求者围着转，选哪一个呢？她心里明白的，只是不说，任这些人围着转。有时幸福，有时虚荣，有时空落，有时不知所措，有时在等，等时间过去。戏唱得那么热闹，结局却都不圆满，人生如戏，是真的吧。她总觉得自己在戏里，便再也不会上现实的当。在她这里，女人就要花枝招展，要自由，活得世俗，热闹。三十岁了，她仍一个人。一个人生活，冷暖自知，倒也洒脱。

元宵节这晚的《梁祝》唱得情深意切，《楼台会》那段唱完了她还在抖，叶舟激动地说："小雅，我真以为自己是山伯你是英台了。"

她拿化妆桌上的纸巾擦了泪痕，旋即给出一个笑脸："好啊，我和叶姐姐化一对雌蝴蝶去。"

叶舟少不得又得取笑她一番，说："若我真抢了你，会得多少人嫉恨啊！"

卸了妆出来，全身便轻了，夜已深，雨很大，她却觉得自己只余了个空壳，一点也不冷。路灯光有些暗，昏黄，像梦没有醒，一个人在路上走着走着便有些孤单。有个人骑自行车过去，对她吹口哨，浑身裹了雨衣，只看见一张丑恶的脸从对面一晃而过，她厌恶地把雨伞压低，看见自己裙摆下面细白的脚尖，在水里踩出声响来……

在省城艺校时，小雅学的是武旦，着迷穆桂英，每日耍枪弄棒要把功夫练到炉火纯青。四百米的操场，腿上绑着五公斤的沙包呢，已经跑了三圈，正要喘口气，看见那人穿着蓝背心远远走过来，她就慢下来等他一起跑。小雅那时不过十六岁，年龄只有他的一半，身高也差了一大截，才到他肩膀。

他每次都说："早啊小雅，跑步了！"他一笑，眼睛就眯成一条线。

同学里都没有这么早起来练晨跑的，偌大的操场只有这两个人一前一后跑着。小雅有种说不出来的激动，她就迷那条线，那声音，还有他跑步的样子。

他那时还住学校的单身宿舍，未婚妻是省剧团里的名旦，偶尔会来学校。小雅只见过名旦在舞台上的风采，有一天在洗衣槽那里碰见，她瞅了眼那件蓝背心才认出人来。名旦冲她笑了笑，她也微微笑了笑，后来才觉得脸有点僵。

那天的课程是练后空翻，两张桌子叠一起，比小雅还高出半米多，热身时，同学们都在叽叽喳喳，按这样的高度，往后翻跟头可真是悬，万一摔着一定不会是轻的。唯独小雅不怕，那人是教练呢。

小雅是真的不怕，和平时一样，她第一个就上去了，在桌子上稳了稳身子，很轻松地一个后空翻就下来了，同学们都叫好，小雅只看见他眼神里的鼓励，心里便满足了。

那天的脚伤真的是个意外。已经快下课了，他说："同学们，我们再练最后一遍！"便把小雅推到了桌子上，他的手浑厚有力，让人觉得踏实。站到桌子上，小雅觉得有点摇晃，以为是自己分心的缘故，也没多想，往桌沿移了移脚步就要往后翻，却突然和桌子一起摔了下来。那双浑厚有力的手终究没有把小雅接住。底下的桌脚断了一根，小雅左腿轻微骨折。

打着石膏在医院住了一个多月后，正要赶上暑假，他和另外一位老师在放假前过来看她，告诉她下学期转班级的事情，按医生要求，小雅再也不能做武旦了。看着他眼里流露出来的内疚，不知道为什么，小雅竟有一种自责的难过。不受伤就好了，他也不会这么难过了。

腿伤恢复得比较好，下一个学期开始时，小雅准时到学校报到了，只是，还有点不习惯花旦那长长的水袖。还有的不习惯就是遇见他的机会更少了，小雅常在清晨时去操场看他跑步，远远地看。小雅明白自己的成长和变化，心里清楚不应该让这种情愫发芽，可是却一点办法也没有，到后来，这变成了一种心甘情愿的选择。

艺校毕业后，小雅回到家乡的剧团当演员。她是真的会演戏。舞台上一个人，生活中另一个人，生活的磨炼，使她出落得更美丽。

有个机会要回艺校进修。终于有借口去看看那个人了，小雅激动了好几晚，十几年来的纠缠在心里反反复复，醒不过来。

约定的茶座里，她一眼认出他，但还是有些惊讶，那白发，有些过早的昌盛了。

他犹豫了一下，还是站起来："是小雅吗？"

她望着他，好像面对着一个陌生人，许多次欲言又止，只是微笑，她于是明白：他从来不明白的。痛，从心底盘旋上来，"你真的不懂吗？"为什么会疑惑？为什么要煎熬？又为什么投降？那颗眼泪狠狠忍住。像和谁赌气似的，要扔了外衣，也不要灵魂，要在歇斯底里中把自己抠出来……

挣扎，挣扎有什么用，她把头抬起来，脸上是平静的，想好的那许多话，到底还是一句也没有说出来。轻轻地拿了椅子上的包，手指有些抖，然后转身，像在台上优雅地甩开水袖，留给他一个背影。

那杯茶是她喝过的，还留了些脂粉味。

沙井

人们传说，榴月的美丽是因为喝了沙井里的水，榴月从来只是微笑，轻启的红嘴唇，鲜艳得仿佛滴下露水。

沙井中的水轻轻泛着银亮波纹，那只竹筒是在水里浸泡了许多年的，光滑的表面沤了深褐的水垢。榴月宁静地把身体弯俯在井栏上，祖父用竹筒从井里舀着水，轻轻浇着她的长发，湿漉漉的发丛下，榴月那闪动着的黑眼珠甚至见出了灵气。祖父的胡须已经花白了，明月下，他们的影子叠落着，榴月的美丽因此一半阴暗一半晴明。

樱树村的美丽姑娘榴月，和那沙井一样有名了。长到十六七岁的时候，榴月的眼神还是痴痴的，人们便惋惜地说："这样的姑娘，真是可惜了！"

沙井的年龄已和村子一样古老，从未干涸过的泉水纯净透明，井台上多少年前便凝结了一层黑厚苔藓，覆盖住了老石板和那磨损的井栏。长在沙井边的榴月是个水一样的姑娘，她把沙井做了自己的镜子。

榴月十八岁的时候，特别丰沛的雨水把井台上的苔藓滋润得格外油绿。那个夏夜是没有预兆的，山洪突然而至，冲开了人们潮湿的美梦。光着身子的父亲把祖父和榴月逐个推上屋顶后，抱着母亲和水一起流走了，浑黄浑黄的水，凶猛地滚过少女榴月明净的心灵，榴月的眼神于是更加痴了。

祖父担心地拍了拍榴月的肩膀说："孩子，一切都会好起来的！"

世界只剩下了两个人，榴月把眼泪紧紧地含在眼里，望着洪水消失的方向，什么也不说，那以后，她不再说话，只是微笑，轻启着鲜红的嘴唇。

沙井里的水，还是满满的，很干净。

榴月在井上照着镜子，不知不觉就长成了个二十岁的姑娘。她的头发长得真好，乌黑油亮，编成辫子也快拖到膝盖了。

祖父每次采了药草到集市上卖，回来时都要给榴月捎上些小礼物：一截柔软鲜艳的发带，一块足以做一条拖到地面的裙子的布料，几个水灵灵的雪梨子，或者一只水一样的耳坠子。

那耳坠子是玻璃的，一段细长的银线牵着一个水滴。店家拿着它在手里晃荡，说："可惜了 ，另一只怎么就丢了呢？"祖父听到了，就长久地盯住那坠子，看着它在阳光里散着晶莹的五彩，想：榴月一定会喜欢的！

店家注意到了祖父眼里的愉快，便也愉快地说："就剩下这一只了，便宜着卖了，要么？"

祖父笑着，黑红的脸皱成了一面箩，他已把手伸进口袋，在数那刚卖药草得的钱了，一面点着头："要得，要得……"于是两个人都很高兴了。

榴月远远地便听到了，祖父的脚步声急促而喜悦，她欢喜地迎上去，要卸祖父肩上的扁担。一个小东西猛地吊到她面前，榴月愣了一下，大大的眼睛也收成一滴水的模样，但她马上笑了，张着嘴，说出了十八岁以后的第一句话："水！"飞快地接过去戴上了。

榴月调皮地翻祖父的掌心，要找另一只。祖父终于听到榴月又说话了，高兴得不知如何是好，可榴月等待着另一只坠子的快乐心情却让他一下子遗憾了起来，摇着头，说："好是好，可惜只有这么一只！"

榴月会了意，侧过头把辫子扯到胸前，遮住了右肩上的空白，那只孤独的耳坠子一下子显出了完满的美丽。榴月跳着向后退了一步，让祖父欣赏她的样子。

祖父欣喜榴月长成了大人，而且竟像画上的人一样美丽，却又满心的酸楚，觉得榴月一定是前生过于灵秀了，以至于今世要做一个让人心疼的女子。

那个耳坠子，榴月后来一直戴着。

一个黑得格外宁静的夜里，榴月听见一个脆脆的声音对她说："榴月，你是水做的，就像我……"似乎还听见一阵衣物拖着地面的窸窣声，可夜太黑，什么也看不见，伸出手去摸，竟真的摸到一个东西。冰凉的感觉穿透手指上细弱的神经浸到心里，榴月一惊，梦全醒了，点了灯，看见手上抓的，是那只玻璃坠子。榴月疑惑地盯着坠子看了好久，然后才小心翼翼地把它塞回到枕头下去，睡下了，还不踏实，又伸出手去摸了一回，才安心。

每一个命运都是无法预计的，空白的人生还有那么长。比如榴月，若真将她比作水，她便只能是沙井里的水，太干净，失去了该有的灵性而显示出一些木讷。幸运的是，人们都不把榴月看作是痴傻，都当她是个孩子，都说："那个美丽的榴月啊！"又比如那个陈医生。

江南的落雨，总要勾起人的惆怅。

六月，不肯停歇的雨水在井台子上淋出了厚厚的一层苔绿。两只燕子斜斜地掠过井面，栖到屋檐下的窝里，探着头看榴月站在那里发呆。雨水一阵阵地落进井圈，在水面上打出大大小小的泡沫，榴月心里有许多莫名其妙的东西，却说不出来，堵着。

邻居送来一篮水灵灵的梅子，已经黄得酥软了，只有在舌头尖上才能品出的一点酸味。榴月很喜欢那股淡淡的味道，总是用牙齿小心地嗑出一点皮，然后再整张扯掉，剩下光滑的果肉，再一点点地喂进嘴里。肉与核还是连着的，有些纠缠不清，榴月常常把梅核在嘴里温温地含上个大半天，品得那么细心，仿佛要把核里的芽都孵出来。祖父要取笑她，就用手指头弹她含着梅核鼓起的那半边脸，逗她说："哟，肿起来了……"

祖父穿了一件很旧的黑雨衣，挑着两个空水桶，“丁零哐啷”地从榴月身边走过，照样腾出了个手指去弹榴月的脸，却没有弹到。榴月机灵地躲开了，“噗”地吐掉了嘴里的核，得意地冲祖父笑。

榴月要帮祖父去挑水，祖父看看下着的大雨，摇摇头不让，她就继续站在屋檐下，看祖父挑着水桶摇摇摆摆地走进雨里。

满满的两桶水已经装好了，祖父套好扁担，蹲下身子去挑。水桶刚离开地面，“轰”的一声又跌了回去。祖父摔在了地上，雨衣在身上掀开了大半，地上那两道长长的滑痕在苔绿里显得格外醒目。祖父疼痛得忘记了呻吟，抓住翻倒在地的水桶想把身子撑起来，两条腿却一点儿也不听使唤，他于是叫了起来：“榴月，榴月……”

榴月看着祖父摔下去的，想跑过去，却不知道为什么一点力气也没有，她不知所措地站着，看两个空水桶在雨水的敲打下颤动。又一个梅核不缓不慢地用舌头从牙齿里顶出来，掉到雨地里，还连着丝丝缕缕的残肉，跳舞般的在水里晕开……

人们把祖父抬回来，走过榴月身边时，她自觉地挪了一下脚，才知道半个身子已经麻木了。

祖父在床上躺着，整个身子都是湿的，赤裸的双腿五彩斑斓，呈现着他的伤痛。他紧紧地抓住榴月冰冷的手，低声呻吟着，脸已痛得扭曲了。

医生来了，人们在不大的屋子里腾开道路，一个白色的影子缓慢地走过来，榴月心里突然慌乱极了。那种干净斯文又刚毅自信的神色，榴月是从来没有见过的，她想躲开，却又不由自主地迎了上去。

医生仔细地查看着病人的伤势，并没有注意到榴月，直到她走开了又走回来，给他端来一碗热气腾腾的茶水，他才发现奇花异草一般惊讶起来，惊讶得脸都红了。在这黑暗拥挤的屋里，没有什么比她更加明亮动人了。

医生是经历了许多世面的，他扶了扶光洁的眼镜，老练地说：“这腿都是骨折了的，要治好，恐怕是不大容易的。”他尽量装出沉重的神情，可是依然有种不可抑制的欢乐渗透了出来。他的目光紧紧地咬在了榴月脸上，他注意到了那只水一样的耳坠子，正映衬着一张美丽的脸，那脸宁静极了。人们也许是在这时问了他几句什么的，他们说：“医生……”他却什么都没有听到。

榴月觉察到了他的目光，虽然陌生却是舒适的。她清晰地听见屋子里纷杂的吵声，又听到了屋外落雨的声音，还听到了医生说的那句话：“这腿都是骨折了的，要治好，恐怕是不大容易的。”她不知所措地拉扯着衣襟，习惯性地去咬梅核，一咬，才知道嘴里是空的。一颗圆圆的梅却从手里滚到了地上，转了一圈，又转了一圈，才停住，黯然地躺在一双陌生的皮鞋边上。医生弯下身子去捡起来，递到榴月手上，两只手不经意地触碰了一下，有些滑腻的感觉，榴月的心猛地一颤。

看好病后，医生要走，榴月扯着辫子跟着他来到门口。医生以为榴月是要送他，走到雨边打好伞才转过身来摆摆手，让榴月不用送了。伞是把黑伞，把他白色的身影衬得愈发明白了。榴月尴尬了一下，自己也不知道为什么要出来。医生却说了句：“我明天把药送来。”那话，仿佛是有什么意思似的。榴月有些困惑地看着他走进雨里，看不见了，才回到屋里。

榴月坐到祖父身边，两个眼睛是湿红的。祖父以为她是为自己悲伤了，就抓了她的手，安慰说：“我不疼的，吃了药便好了。”榴月温顺地点了点头，要笑，却怎么也笑不出来，手里的一颗梅子还握着，已经是软软的一团水了。

第二天，医生果然送了药来，还是打着那把黑伞，半新不旧的，一如他的神情，成熟而温厚。身上穿的却不是白大褂了，而是一套灰白条纹的西装。

榴月正在屋檐下晾衣服，四只眼睛对视了好一刻才各自转开，都不好意思。

医生给祖父看着伤势，榴月打开他带来的沉沉的药袋子，几个又大又圆的黄梅突然滚了出来。榴月捡起一个闻了闻，是有股浓浓的药香的，又捡起一个来，也有药香的。榴月冲他微微笑，扭过头，拿起一个，对着梅子的底尖上小心地嗑一下，嗑出薄薄的一层皮，再慢慢地撕出整个儿。医生看着榴月吃梅子的样子看得入了迷。

祖父的年纪大了，这使得他的洞察力也变得麻木了，而疼痛，已让他无暇关心眼皮底下发生的微妙了。他的声音更苍老了，他说："医生，这腿，要什么时候才好啊？"医生有些轻描淡写地说："过些日子再看情形吧！"祖父唉声叹气，不再说话。

榴月在屋檐下煎药，沉沉的药香弥漫了一个雨季。

医生来到她身边，局促地站着，一边是烟火温柔，一边是雨水缠绵。他看着榴月鼓起来的半边脸说："别人都不像你这样吃梅子。"榴月抬起头看了他一眼，继续往炉子里添木柴。"我姓陈，"陈医生说，"我听见别人叫你榴月。"榴月于是又抬起头来看他一眼。

雨下得缠绵，屋檐上的水也滴得缠绵，炉子上的药猛得沸了，药水滚着，把药罐的盖子浮了上来。榴月丢了火钳，伸手去掀，却被沸出来的药水打了手，烫得赶紧缩了回来，甩着沾上的黑色药汁，好一会儿的疼痛。

陈医生也许是犹豫了一下的，但还是把手伸了过去，捉住榴月的手，说："我看看，烫哪了？"药罐里的水正一点点干下去，屋檐外的雨还是那么急地下着，两双手，也就这么握着。

祖父在屋里，沉沉地睡了。

祖父的伤势不见好也不见坏。陈医生却是常常来，药袋子里除了药，总会有一包黄梅。后来过了梅期，便是些其他的东西了，蜜饯的果脯，松脆的核桃仁，榴月很喜欢的是那上海冠生园出的三个铜板一个的药汁陈皮梅。说不清的，后来，榴月的心里有了期待，见不到陈医生时，总觉得心里空空的。

榴月左耳上戴着的那只耳坠子，陈医生也是很喜欢的，说："那真是像水一样呢！"他并不遗憾于空白着的那一只，却又常说："不过，若是那一只也在，那就更好了。"关于榴月，他已经知道这姑娘是怎么一回事了。

榴月和他也不再生疏，却还是不爱说话，有些时候干脆一声不吭。问她一句什么，再等她的回答，总要等上大半天，或者就没有回答。他有时和她说了一些亲密的话时，她就更加沉默了，总是睁大了眼睛，不懂似的看他，但这些，在他看来，是纯洁和天真。这个另一世界的人，他是真心地爱上了榴月。

一个月亮很圆的夜晚，他和榴月坐在井台子上，榴月乌黑的长发泻了一地，他拿着把油亮的木梳子给她梳头发时，禁不住地吻了她。榴月却惊恐地挣脱他的怀抱，逃了。她那又长又厚的乌发像件黑披风，轻柔地裹了一身。

他追上去，满怀的歉意和愧疚。可那姑娘却把自己关在了房子里，不再理他，他这时才意识到，榴月竟是纯洁得很彻底的，不含杂质的，和沙井里的水一样。

当祖父终于看清了两个人的关系时，他竟有些不知如何是好了，雨季里的意外已经使他双腿残废了，甚至思想也迟缓起来，明显不如从前了。他一边希望着榴月幸福，一边又隐隐地担心这样的一个姑娘是否能够真正幸福，这使他陷入了困苦。短短的几个日夜，他一下子苍老了许多。

终于有一天，他鼓起自己倔强的勇气，对那个医生说："榴月是个好姑娘，不过，我是说，您要知道，她是和别人不一样的，她和您，是很不配的……您是这样的一个体面的人，她却……哦，我知道您对她很好，可是，她是配不上您的……"

医生觉得这个说话吞吞吐吐的老人轻视了自己，直到老人停住了，才慢吞吞却很坚决地说："不，和你想的不一样，我会对榴月好的。"

医生的那句话仿佛给老人吃了一颗定心丸，他很满意那句话，他念叨着："嗯，好，好，好就好了。"眼里流出了泪水。于是，老人便下了一个决心要成全榴月的幸福。那天夜里，他把榴月叫到面前看了很久，什么话也不说，只是看着，他记起了过去给榴月买耳坠子时的情形，得到那份礼物时，榴月那样的高兴，他又记起了许多……

榴月第二天起床的时候，祖父已经去世了，床边还放着个装农药的小瓶子。祖父的脸黑青黑青的，嘴角因为痛苦而歪挤到了一边，双手却很安详地合抱在胸前。老人的做法使人们心领神会，他是不愿意自己的残废拖累了榴月啊！

丧事很简单地办了，榴月还是安安静静的，眉眼上却结了股幽深的愁。

办丧事那天，陈医生没有来。

年轻人不顾一切地要追求爱情，可事情，总会有些波折的，而他们的波折，其实是一开始便存在了的，那力量来自于陈医生的家庭。

那是个规矩众多的家庭，在这样背景下成长的陈医生不自觉地沾染上了怯懦的性格，当他的行为严重地违抗了家庭的意志时，警告声响起来了，权威者声色俱厉地对他说："我们给了你这样尊贵的地位，你却毫不惭愧地蔑视它，你和那个痴傻的姑娘还要继续交往下去吗？那个姑娘，是不允许你再去见面的，你是个大夫，是孩子的父亲，你要注意影响，否则，你将失去你现在拥有的和以后必将得到的一切，记住了吗？"

他的脸已经惨白了，思想里有着隐隐约约的反抗意识，身体却柔弱无力。他无时无刻不想念她，又无时无刻不感到心慌意乱，像在犯罪，他痛苦不堪，憔悴了，胡子像草一样长出来，照了镜子，自己也不能相信……

秋叶萧瑟地落了一地，已经是寒露了。

突然改变了的生活使榴月手足无措了，她永远想不明白发生了什么却永远都陷在想里。

微凉的夜晚，榴月抬头看见天空中挂了一弯那么美的月亮，竟是红的，并不亮，纤细得如一弯眉，极古典，榴月觉得心里酥酥的，流下了泪。她坐在井沿子上，穿了很单薄的衣服，一只白皙的手一下一下地扯着井沿缝里的绿苔，簌簌地扯了一地。

有人从井边上过，叫唤了许多声，榴月都没有理睬，那人就固执地再叫，榴月这才缓缓地抬起头，没有表情地看那人一眼。那人说："榴月，这么晚了，怎么还不回去睡呢？天凉了。"榴月不回答，又低下头去扯绿苔。那人走远了，又回过头来，看见榴月还是在那里坐着。

后来，榴月在井沿上又坐了一会儿，便不见了，水在井沿上溅了柔柔的一圈，榴月便真的做了水。而沙井里的水，依然还是那么满满的，不浅不溢。

许多天以后，医生来了，没有再见到榴月，只在井台子上看到那散了一地的青苔。

夹竹桃盛开时

有一天，明明这条流水线上的一个大姐说："明明是这个车间里最漂亮的女孩。"

这个大姐是个本地人，一个本地人说的话，在这个一半外地人一半本地人的车间里，便似乎有了些权威性。她说的话不大声，是和坐在她边上的另一个大姐说的，但所有人都清清楚楚地听到了。这话像是一根魔法棒点出的小奇迹，在这个无趣的空间产生了奇妙的力量，这力量星星点点的，慢慢散发到车间的各个角落，落到每个工人的心里，大家都从工作台上抬起头，转向明明坐着的那个位置，明明的头顶瞬间有了一种神奇的光亮。

明明是贵州人，她父亲以前也在浙江打工，有一次在工地上受了伤就回家养病了。明明是跟着她姨妈出来的。那年刚过完春节，她穿着一双半旧的运动鞋和簇新的红棉衣，像是去远处走亲戚。坐了两天两夜的长途车后，她拎着一个大大的帆布旅行包，跟在姨妈身后，来到了浙江的一个沿海小城。突然从混浊的车厢走出来，闯进沿海的冷夜，淅淅沥沥的雨水让明明狠狠地呛了一下，她想打一个喷嚏，却怎么也打不出来，便换了换拎旅行包的手，用另一只麻得胀痛的手搓了搓鼻子，顺便擦去脸上的雨水。未来，就像她的鞋子一样，有着未知的命运。当她的鞋子泡足了雨水的时候，姨父和表哥开了辆半旧的小面包车来接她们了。

明明的脑海里，浙江应该是遍地黄金的。但姨妈说，黄金不是那么好挣的。一个女人，没有本事没有手艺，靠什么挣黄金？姨妈说："明明，这个地方可不像我们想的那么好哦，你自己要懂事，不能走歪路。"明明认真地点点头，出格的事情她也是不会做的，她也要用自己的汗水去换取幸福。

姨妈在节日灯工厂做了五六年了，在她眼里，这家工厂规模大，活计多，是一份稳定的工作。她把明明也介绍到这家工厂。

灯具厂主要生产节日灯。那些小彩灯都有好听的名字，流星雨、七彩天堂、满天星、浪漫约定……节日灯这几年流行起来，商场，公园里，马路上，到处都有，但是，到了工厂，绚丽的节日灯就是生产工序，一道又一道枯燥的生产工序。一条流水线上坐着二十来个人，每个人都有自己负责的一道生产工序。明明的工作是往电线的插口上插小灯泡，一天要插多少个小灯泡呢？明明自己也不记得了。工资是多劳多得，按做活的量来结算的，所以，她从不偷懒。她的手指灵活极了，像一部设定好的机器，左右手协调得极好，这个工作对于明明来说是极简单的。现在，她已经是个熟练工了，闭上眼睛也能把小灯泡插整齐。

这个车间里，本地人似乎不大看得起外地人，说话时喜欢用方言。这边的方言软塌塌的，语速又快，像明明这样刚来不久的外地人就听不懂，他们埋着头干活时，心里也会生出些疑问来，好像本地人说的话里有对他们的轻视和侮辱。作为抗议，他们也喜欢和老乡说方言。姨妈是已经能听懂当地方言了的，听着本地人的谈话，她有时也会意一笑，或者充耳不闻。

"明明是这个车间里最漂亮的女孩。"简简单单的十四个字，一个字一个字地蹦出来，像十四个小丑，在空阔的空间里跳跃舞蹈。它们飞到流水线上，飞到堆得高高的节日灯礼盒上，飞到布满尘埃的地上。这是句地地道道的方言，但是所有人都听懂了，原来方言是那么容易理解的。

"明明是这个车间里最漂亮的女孩。"为什么不是别人呢？这句话似乎憋着一股劲打到每个人的脸上，沉闷的气氛里有了些异样，有了窃窃私语。大家都回过头去看明明。小谢正在专心做事，也听到了这句话，同时，他还听到两声“哧”。发出这“哧”的声音的是两个女孩，这是两个本地女孩，她们的脸上涂了好看的化妆品。同样是一个车间里的女工，她们却有着与生俱来的骄傲，这骄傲撑着她们不去掩饰那种不屑的表情。她们眼里，长刘海遮到了眉眼上的明明，脸有些苍白，一身旧旧的运动服也显得臃肿，没有半点凹凸，像是男人穿的。毕竟是外地的女孩，缺了点自信的气质，那才是最重要的。她们的“哧”里，还有着对那个说这句话的人的不屑，她们心底里在说：“什么眼光！”

这些，小谢都看懂了。

别人都把眼角的余光收回来的时候，小谢转过头去，仔细地看了一眼明明。

小谢和明明不在一条流水线，做工的时候，两个人是背对着的。小谢在第一条流水线上，他的工作是将许多有长有短的电线连接成一个节日灯的初坯。这个初坯时常变幻样式，有挂在圣诞树上的环形，有盘子似的圈状，也有五角星、爱心。这些初坯经过另外的几道工序后，又到了明明那里，不管怎么样，小谢做的初坯都是和明明有扯不断的干系的。

现在，他看见明明端端正正地坐着，扎着马尾的头发一丝不苟，腰板挺得直直的，他就觉得她像读书时坐在第一排的那些女生。但明明好像害羞了，背越来越僵硬，手里的动作也乱起来。几个小灯泡都插断了，她抖着手把它们扔到前面一个放废品的纸盒里。

虽然每天生活工作在一起，但小谢从来没有这么仔细地看过明明。这次，他看仔细了，这看似乎过滤了任何和漂亮无关的因素，是在别人的指导下看的。小谢看出来了，明明确实是这个车间里最漂亮的女孩。明明几乎不给自己买衣服，她的好衣裳就是那几套灰旧的运动服，好像是读书时穿过的，运动鞋也是半旧不新的，鞋带圈还丢了一个。但她的脸白，山里出来的女孩皮肤好得不像话。五官也是标致的，眼睛是眼睛，鼻子是鼻子，都是恰到好处的。如果打扮起来，肯定不会输给本地女孩。如果明明不是农村里来的，她也许更美。现在，她的美就有些胆怯，缩手缩脚。他想：该给明明买条裙子了。

这时，车间主任老王走到明明身边。也许是听到了大家的议论，或者是看到明明插断的那些灯泡，他肥厚的大手在明明的右肩上轻轻地拍了拍。

这个小动作，小谢也看到了。血涌到他脸上，是一种很难受的热。他握了握拳头，把它们逼回到身体的最里面。

从那条树丛下的小路走过时，明明突然抬头，她拉拉小谢的手说："你看，这个树开花了！挺香的。这是什么花？"

天空的乌云压下来，有些凉意，她一边留神着树上的花朵，一边理着自己的长发，几根长头发被树枝钩出来了。

小谢没有停下脚步，他也不知道这是什么花。树林里寂静得很，他听见自己踩断了些草叶的声音。小谢心里还有些生气，他生自己的气，他想：明明是这个车间里最漂亮的女孩，我怎么就没有发现呢？还有，他也生车间主任那只肥手的气。

小谢闷声走路，脚步甩得大大的。

这条小路是住在树丛那边的民房里的人踩出来的。大概因为马路的右边是一个工业区，所以，这里的绿化带做得特别宽大，绿植也多，密密麻麻，里一层外一层，好像要做出个假象，把那个工业区和马路远远隔开，隔出个幽静的世界。天气正好的傍晚，常常有几对恋人在这树林边散步。但对于明明他们来说，这片林子只是条便捷的小径。如果从大路走，小谢他们还得走十来分钟才到那个红绿灯路口，然后再往前走十来分钟，但是，从这个小路走，五分钟就能到宿舍了。

每天从这些高大的树下经过，他俩似乎都没有注意到这绿得好看的是什么树。就好像大家刚发现明明是车间里最漂亮的女孩一样，他们的心里有了惊喜，有了意外的感觉。这原来是种会开花的树呀，而且，开出的花有红有白，挺好看的。

明明小跑了两步，追上前面的小谢，她噘起嘴说："你也不等等我，走得这么快。"从树丛里穿过去，再经过一块农田，转个弯，就到宿舍了。

宿舍是三百块钱一个月租的，不包电费，水是井水，倒是管用的。房东一家没什么工作，就指望着这两间半旧半新的四层小楼生活。他们自己住第二层，第一层做厨房杂物间。三楼、四楼各隔出小小的四间房，都用来出租。工业区里都是些不大不小的工厂，大多没有宿舍，也有一些是有集体宿舍的，五六个人挤一间。没有住宿的打工者、男女同居的、拖家带口的都到工业区边上的村子里租房子。

开始的时候，小谢和明明也是住集体宿舍的。明明那时还不想让大家知道她和小谢关系的进展，她说："我们还是先住集体宿舍吧，等有点积蓄了，我们再一起过。"外面的出租房他们是去看过的，三百块钱每月的房租不算便宜也不算贵，但是，对于两个没有积存的年轻人来说，生活就会有些吃力。明明想，集体宿舍虽然挤点，但是免费啊，不就是有个睡觉的地方嘛。开始的时候，小谢都是支持她的想法的。他们各自在食堂吃饭，又各自去宿舍睡觉，真不像一对恋人。直到春节，小谢和明明一起回贵州操办了七八桌的喜酒，又见了叔公伯爷，他们的关系才公开了。家里催他俩去领证，但两个人去了民政局后，才知道，男的要比女的迟两年才到法定结婚年龄，明明得等到小谢满二十二周岁。

小谢已经走到农田那边了，明明还在树丛里。她正纳闷小谢今天的反应，头发又被树枝钩住了，越扯越乱。只好又叫小谢："小谢小谢，你快来帮把手。"

小谢只好走回来，把那根树枝拉得低低的，然后把明明的头发解下来。一片树叶落到明明的后脖颈里，小谢拣出来的时候，发现那里有个黑色的小点，说："咦，怎么长了个黑点没发现？"明明的皮肤真白，小谢就忍不住亲了一口。

明明笑起来，扭了头说："不给你亲，刚才还和我保持距离呢！你保持着呗！"

但是，小谢使劲把明明的头按住，又狠狠地在她脖子上亲了一口。放开明明后，小谢飞快地往前走了。明明追上去，脚步轻快地跑着，美滋滋地回宿舍去了。

回宿舍的时候，路上有个男人迎面走来，他直勾勾地盯着明明看。这个男人长得黑壮，脸上还有横肉，明明被看得心慌起来。想起那个大姐说："明明是这个车间里最漂亮的女孩。"明明就更加心慌了，她扯了扯小谢的衣服，但小谢装作没看见似的。

小谢心里还在想今天发生的事情，他想，明明就像一朵被灰尘蒙住的花朵，突然在雨天里闪耀出清新的美丽。他伸手理了理明明的长刘海，说："明天去剪剪吧！"

小谢是一个一米七八的男人，没学历、没手艺，节日灯厂这份简单的活计对他而言就是糊口的。不工作的时候，小谢也爱玩游戏，在虚拟的世界里打打杀杀，以为自己是个江湖大侠，沉溺于那个世界里的富足。和明明的同居生活是平淡的，小谢对生活也是没有野心的，对于未来，他的想法和许多打工者是一样的，他要和明明一起存够钱，回老家盖房子生孩子，再做个小买卖就好了。但是，那句话，那句"明明是这个车间里最漂亮的女孩"，戳到小谢的痛处，让他生出了愧疚和责任心。车间里最漂亮的女孩都跟了自己，为什么不能给她幸福？那幸福也许是想要什么有什么的满足，也许是和本地人一样的那种骄傲和平等。

他拉过明明的手，把她拉到身边。那是双粗糙的手，右手的拇指、食指、中指异样的扁平，裹着厚厚的一层茧。那茧不是天生的，而是每天重复一个动作，日积月累，慢慢生出的一种黄垢。如果车间主任说："晚上得加个班了。"加班费才五十块一晚，做三小时的工。明明总是第一个报名，她抢着说："我来我来，晚上我过来方便呢！"生怕自己被落下。但是明明理直气壮啊，她说：“我不省点，不辛苦点，我们怎么办啊？”他想着明明在流水线前插着那些小灯泡的样子，污浊的东西腻到她原本细白温润的皮肤里。小谢的心痛起来，他用大拇指的指头在明明的手指上摩挲了几下，似乎想找个地方下手，把那里的皮肉撕去才好。小谢的手也是粗的，明明咯咯笑起来，但马上又平静了。

下了几场雨，那片树丛长得更茂盛了。从树下走过时，天色突然暗了几层。

明明一个人从小路钻出来时，有两个人从她前面走过去。

他们旁若无人地挽着手紧紧依偎着，身体快看不见隙缝了。那个女人穿了一条白色的长裙，几朵彩色的大花结在腰带的位置，腰真细啊，好像要挤出水来。那个女的说：“夹竹桃开得真好，原来香气也这么好的！”声音里也透着甜蜜。

明明听了这话，就想，原来这树叫夹竹桃啊！这真是个奇怪的名字。她觉得自己的心突然紧了紧，夹竹桃，这个名字好！可是，没有竹子也不见结桃啊！看着那两个人慢慢地从树丛下踱过去，身影慢慢变小。什么都看不见了以后，她又回头仔细地看了看那些花朵，这花开得真热闹。明明也有点不想上班，她想，我和小谢也这么悠闲地在这个树丛下散散步多好。

车间里最漂亮的女孩明明还是穿着她的旧衣服，依旧是车间里最静默的那个，话也不多说。车间主任老王问她：“小谢怎么不来？”

明明低了低头说：“他大概有事吧！”

小谢能有什么事？

他和老王吵架的时候脖子都红了，青筋一条条露出来，很可怕的样子。如果不是大家拦着，那盘七彩天堂肯定就砸在老王头上了。

小谢指着他狠狠地说：“你小心点，你别让我碰到！”小谢的杀气是突然腾地而起的，像他在游戏里遇见一只兽，那只兽不立即除掉，就会生出更多的怪物来。

但是，大家都没有明白，小谢为什么让老王别碰上他？老王自己也不明白。

老王和明明的姨妈说："我是不会和他计较的，小年轻，火气太大，就是冲动。我这么大岁数了，肚量还是有一点的，我不和他计较。你说，我把话都说得这么明白了，他也该知趣了吧。来上班就算了，把我的事情耽搁了，我也要和他算算账的，劳动合同签了，不来上班就是旷工。随便旷工是有法律责任的，要赔偿的。要赔偿的，你们晓得的吧！"

明明站着没动，好像做错事情的是她，脸一阵红一阵白。

姨妈却不停地点着头，应和着老王："是，对，小年轻，不懂事。不懂事。"

老王和姨妈的普通话都不标准，有时候好像突然拐了弯似的别扭。老王又伸手在明明的右肩上拍了拍，然后背着手走到办公室里去了。

看他走远，姨妈的表情就松弛了下来，她拉着明明坐到一个装材料的木箱子上，压低声音问："小谢去哪了？"姨妈还是不高兴的。

明明也不知道小谢去哪了。早上，她要出门的时候，小谢还坐在电脑前面，没有起身的意思。明明说："你不走？"

小谢赌气似的说："不去了。"

"那你送送我吧。"明明其实是想让小谢出门透透气，天气这么好，两个人在夹竹桃树边走走也挺好的。

但是小谢有些不耐烦，他说："不去，不去，你自己去吧！"

小谢眼角的余光看见明明在镜子前面绾头发，就皱了皱眉头，他又想到了车间主任老王的那只肥手。如果不是看见那只肥手总在明明身上蹭来蹭去，如果不是知道他昨晚送明明回来，小谢也不会想要打他。

明明听着姨妈语重心长地说，明明是她带出来的，她也希望她找到个好男人，有个好归宿。姨妈停顿下来看她的时候，她就点点头。

明明心里也有些委屈，但还是执着地相信。明明一直都是相信的，小谢是个好男人，但她有时也会迷茫。小谢说要为她争取更幸福的生活，更幸福的是什么样的生活呢？这生活在哪？这愿望看不见，摸不着，只是不断在小谢的嘴里重复。好像一朵云似的在天上吊着，让人看着想着，却倏忽一下又不见。有时，这朵云也会飘进眼里，在很近的地方停下来，让人生出更多的幻想和憧憬。但是小谢，他怎么去追这朵云呢？她突然有些心疼小谢，他怎么动不动就会跟人打架了？同样的问题，小谢昨晚问了明明好几次，他说："老王为什么送你回家？车间那么多人加班，为什么偏偏送你一个？"

那天晚上加完班已经九点多了。姨妈问明明："你一个人回去？小谢怎么不来接你。"

明明笑笑说："小谢要来接我的，应该在外面吧。"外面看了看，没有小谢的身影。明明就有些失落。

其实，小谢那时还在夜市里，他去给明明买裙子了，想给她一个惊喜。

明明和姨妈在门口说着话的时候，车间主任老王凑过来说："怎么？没人接？"

明明正要解释，他就抢着说："没事没事，我也顺路的，一起走吧！这么晚了一个女孩子在外面走可不好，明明可是我们车间里最漂亮的女孩呢！"

明明的脸红起来。

老王推着自行车陪明明一起走着。

路上，两个人几乎没有说话，于是，老王就笑呵呵地没话找话，他一直说："明明，你是我们车间里最漂亮的女孩呢！"

明明有些别扭，她听着老王自行车发出的吱吱声，觉得自己身后拖了个奇怪的黑影子。

红灯的间隙，明明说："谢谢王主任了，我前面就到了。我自己走吧！"然后甩下老王，快速地穿过马路。

老王在身后向她招手，"哎"了好几下，她都没有回头。她像只兔子似的，一下子就钻进了那条树荫下的小路。

可是，明明马上就后悔了。当四周瞬间黑暗起来后，她觉得自己像是掉进了一个黑咕隆咚的深井，她越想使劲往上爬，就越爬不上来。深井里有她害怕的东西，有一种恐怖的力量要把她往更深的地方吸去。这深井里还有股热烘烘的气息，好像就在身边，在离她很近的地方。这气息有些可疑地在她的头顶盘旋。是什么东西呢？是老王跟过来了吗？他想干吗？但突然，明明又想到了那个满脸横肉的男人，如果这个时候，他出现在这里，会发生什么事情呢？后面好像有个巨大的身影，正拖着沉重的脚步对她穷追不舍。明明越想越害怕，身上的汗毛一根根立起来，身体顿时失去了血色。

明明后悔自己没去走大路，如果不是想着快点回去见小谢，快点甩掉王主任，她就可以慢慢地走到那个红绿灯，然后再拐弯，再慢悠悠地走回宿舍了。七八米长的小路，明明从来没有走得这么漫长、这么着急。她几乎飞快地奔跑起来了……

就在她跑出林子的时候，一只大手一下子抓住了明明，同时，明明“啊！”一声尖叫了起来。

尖叫声响彻夜空。

树林的另一头，传来老王有些急切的声音：“怎么了？怎么了？明明，出什么事了？”

那个人紧紧地抱住了明明。这时，明明才看清，这个人原来是小谢。

后 记

文字是我生命里很重要的部分，是生活的必需品，或者，就是我的女儿。她们像一串影子跟在我身后，常常调皮地探出脑袋，扯扯我的裙角，或者突然隐身，像月光一样落到别处。但她们一直都在，在我需要的时候，这些长着翅膀的精灵就快活地飞来了，在纸上，在键盘上，歌唱着列队，编排出另一个奇妙的世界。这文字消去了些俗世里的虚浮，净化了心灵，让我多些希望和美好。

这些文字也是我过去生命里的记录，都是我的南方印象。这地方有时湿暖闷热，有时清新亮丽，在这里，我遇见的每个人、每棵树、每朵花、每个词句，都是精灵，都有可能变幻出形象和情景，然后，这情景生长出枝叶，吸引来更多的精灵，创造出一个色彩斑斓的世界。

我爱她们，爱我笔下的每一段文字。如果你愿意读她们，读出些欣喜，读出些悲欢，或者轻松地一笑，我便满足了。

谢谢你！